LE SANG-GRAAL

Dr. Alexandre Rushenas

ISBN: 978-1-9994430-0-9

Real-Us Publications. Inc
879 Markwick Crescent
Ottawa-Ontario- canada
K4A 4M8

À ma mère qui a été et continue à être mon ange gardien ;

à mes cinq frères que j'admire et qui ont été mes modèles de conduite et à la mémoire de mon père qui nous a quitté trop jeune pour nous voir grandir ;

à mon épouse Nori et mes filles, Chloe et Lily que j'aime de tout mon cœur et qui m'ont donné l'inspiration pour écrire ce livre ;

à mon ami, mon frère, le Dr Richard Morlans sans qui ce livre n'aurait pas pu voir le jour ;

Et à ma planète Terre, toute forme de vie qui s'y trouve et mes cellules à qui je dois mon existence, mon bonheur et ma survie, sans qui je n'existerais pas, sans qui je ne serais rien, merci.

Préface

Un être humain vit 36 500 jours jusqu'à ses cent ans, oui, seulement 36 500 jours ! 18 250 jours jusqu'à ses cinquante ans et 9 125 jours au terme de ses vingt-cinq ans.

Si nous prenons en compte le nombre d'heures passées à dormir, ce qui correspond approximativement à un tiers de ce temps, nous vivons éveillés 4 600 jours jusqu'à nos dix-huit ans. Cela semble peu et c'est pourtant énorme !

Certaines sociétés supposent qu'une personne est majeure après 4 600 jours d'éducation et d'expérience de vie, c'est-à-dire qu'elle possède les outils physiques et intellectuels nécessaires pour prendre des décisions et assumer ses choix.

Vous êtes-vous déjà demandé à quoi correspond une journée de notre calendrier à l'échelle de notre planète ?

Une équipe de recherches suédoise dirigée par Jonas Frisén à l'institut Karolinska de Stockholm vient d'annoncer qu'une datation des cellules peut être réalisée en appliquant au niveau de l'ADN une méthode faisant appel au carbone 14, communément utilisée en archéologie et en paléontologie pour connaître l'âge des fossiles.

Le temps est relatif et un jour représente peu de chose dans la vie d'un être humain, mais en un jour il peut se passer tellement de choses !

L'être humain est une entité formée de milliards de cellules qui ont chacune une durée de vie différente ; certaines de ces cellules sont éphémères et ne vivent que quelques jours. Seules

les cellules situées dans notre cortex cérébral peuvent prétendre vivre aussi longtemps que nous.

Les cellules de l'intestin et des muscles peuvent vivre quinze ans. Celles du squelette un peu plus de dix ans. Celles du foie se renouvellent tous les 300 à 500 jours. Les globules rouges, quand à eux, ne vivent pas plus de 120 jours. Les cellules épidermiques qui forment notre peau sont remplacées toutes les deux semaines. Les cellules de revêtement de la paroi intestinale se reproduisent tous les cinq jours.

Il serait intéressant de comparer l'être humain avec les autres formes de vie sur Terre.

Les mers, les océans, les montagnes existent depuis plusieurs milliards d'années, les forêts des milliers, voire des millions d'années. Certains arbres sont multicentenaires, comme par exemple le châtaignier ou l'épicéa qui peuvent vivre jusqu'à 200 ans, le hêtre près de 500 ans, le chêne pédonculé jusqu'à 700 ans, le sapin blanc bien plus encore, 800 ans, ou encore le tilleul à grandes feuilles qui dépasse, quant à lui, les 1 000 ans.

Adwaita, une tortue géante d'Aldabra, une île des Seychelles, a fini ses jours au zoo de Calcutta à l'âge de 255 ans. L'éléphant, lui, vit jusqu'à 70 ans, le lion une vingtaine d'années, la reine fourmi passe quinze ans à pondre, ses ouvrières ne dépassent guère les six ans, la guêpe, quant à elle, vit un an alors que l'éphémère n'a qu'une journée, tout au plus, pour profiter de sa vie.

Cette différence d'échelle semble irréelle et pourtant existe et nous aurions même du mal à nous l'imaginer ! Nous évoluons dans un monde où la notion du temps n'est pas la même pour toutes les formes de vie sur notre planète. Cent ans ne représentent rien pour les uns et sont impossibles à imaginer pour d'autres ! Mais il n'y a pas que la différence dans l'échelle du temps, tout peut distinguer une forme de vie à une autre, la forme, la taille, la masse, le poids…

L'important, c'est qu'une vie, aussi éphémère soit-elle, trouve son importance et sa place dans ce monde, à son échelle de temps ! Le monde qui nous entoure est composé de milliards de pièces, de formes de vie, donc chacune a son importance, comme un puzzle gigantesque.

De la même manière pour comprendre le fonctionnement d'un être humain, nous devons considérer et prendre en compte tout ce qui participe à sa formation. Ainsi, un être humain sans son foie et ses reins ne serait pas ce qu'il est et ceci est également vrai pour la planète Terre : nous ne pouvons pas comprendre notre planète sans prendre en compte tous les éléments et formes de vie qui la composent. Sans les hommes, les chiens, les fourmis ou toute autre forme de vie, la Terre ne serait pas ce qu'elle est aujourd'hui.

Faisons une analogie entre notre monde et les éléments qui le forment et l'être humain et tous les organismes et les cellules qui participent à sa formation.

Nous trouverons assez facilement des similitudes entre ces deux entités malgré leurs différences d'échelles de temps et d'espace ; les forêts sont les poumons de notre planète qui absorbent le gaz carbonique (CO_2) et, avec l'eau et l'énergie de la lumière du Soleil, produisent l'oxygène (O_2) indispensable à la vie.

Les océans, les mers, les rivières sont les veines et les artères de notre monde. Les montagnes, les vallées et les collines forment le squelette et le tissu qui soutient notre planète et on pourrait continuer ainsi longtemps…

Nous pensons être gigantesques par rapport aux insectes et paraissons si petits par rapport aux arbres et aux montagnes qui, à leur tour, sont si petits par rapport à notre planète Terre !

Et si nous regardons bien encore, même la grandeur de la Terre est une illusion !

Celle-ci, immense à nos yeux, ressemble à une petite bille comparée à la planète Jupiter et en même temps, à un point minuscule comparée au Soleil, qui lui-même semble complètement invisible comparé à Antarès qui est mille fois plus grand, et on pourrait continuer ainsi jusqu'à l'infini.

Pourquoi existe-t-il une si grande différence d'échelle de temps et d'espace ? Ces dimensions ont-elles vraiment de l'importance dans la compréhension de notre univers ? Est-ce qu'une vie d'un jour a plus de valeur que celle d'une centaine d'années ?

Il y a tellement de choses qui nous dépassent auxquelles nous essayons d'apporter des réponses.

La vie a-t-elle un sens ?

Chaque événement qui se produit a-t-il une raison légitime d'exister et un sens dans l'évolution globale de notre planète et de l'univers ? Chaque existence a-t-elle sa place dans la complexité du fonctionnement de notre monde et y avons-nous chacun un rôle précis à jouer, quelle que soit sa durée ?

Quel est le but de la vie ?

Sommes-nous tout seuls au monde face aux autres, ou représentons-nous tous une partie d'une entité supérieure qui nous dépasse ? Dans ce cas, quels sont les vrais liens des uns avec les autres ?

Y a-t-il une explication à notre existence, une finalité de l'univers ? Serait-il possible que notre planète Terre soit une entité vivante, un individu doté d'une vie et d'une existence propres ? Dans ce cas, qui serions-nous, nous les hommes qui peuplons ce monde ?

Existe-t-il une explication logique à toute chose, même si nous avons du mal à la concevoir ?

Le sage dit : « Quand tu as du mal à saisir le sens de certains événements et à les comprendre, quand tu n'arrives pas à trouver d'explication à certains phénomènes, il est temps que tu changes ton angle de vue. Prends un regard différent, change d'échelle et toute chose finira par reprendre sa place et trouver son vrai sens ! »

1. Accident

France, les Yvelines: 3 Am

Un énorme bruit de froissement de tôles déchira le silence de la nuit. Il devait être quatre heures du matin, les étoiles dans un ciel limpide regardaient la scène, de loin, impuissantes. Tableau classique pour un samedi soir, à quelques kilomètres de la sortie d'une discothèque. « Des jeunes encore ! », devaient-elles se dire.

Certainement ! C'était toujours au même carrefour. Cela faisait plus de trois ans que les administrés demandaient à la municipalité d'effectuer des aménagements, et ce n'était toujours pas à l'ordre du jour. Combien de morts leur faudrait-il pour qu'ils comprennent enfin ? N'avaient-ils aucune considération pour ces jeunes qui quittaient la vie trop tôt ?

Tout ce qu'ils avaient trouvé à dire depuis des années, c'était de crier tout haut que l'alcool et le cannabis étaient dangereux et représentaient les premières causes de mortalité chez les adolescents et les jeunes adultes au volant ! Ils ignoraient cette réalité évidente, ce besoin permanent des adolescents de vouloir franchir les interdits, défier les dangers, se dépasser jusqu'à trouver un semblant d'identité qui leur permettait enfin de trouver leur place dans la société, une identité forgée en affrontant les défis que la vie vous impose jour après jour !

Une des voitures avait brûlé le feu rouge avant d'aller s'encastrer fatalement dans l'autre. Ça sentait l'odeur des pneus brûlés sur l'asphalte chamarré et des bandes noires, bien lisses, permettaient de suivre la trajectoire des deux véhicules jusqu'à leur point d'impact.

Les voitures commencèrent à s'arrêter sur le bas-côté. Un jeune pompier en civil, *nouveau caporal chef dans la caserne*, descendit très vite de sa voiture, enfila machinalement son gilet jaune fluo à trois bandes, comme s'il avait fait ça toute sa vie et s'apprêta à étudier les lieux.

« Ramène la voiture à deux cents mètres avant l'accident, allume les warnings, dépose le triangle de sécurité de façon à ce qu'il soit bien visible pour qu'on évite le suraccident, et fais signe à tous ceux que tu vois arriver en voiture pour qu'ils ralentissent ! », ordonna-t-il à sa copine. « Il n'y a pas un instant à perdre ! »

Le jeune caporal chef était habitué à faire des bilans de victimes lors des accidents de la route et il connaissait parfaitement la procédure à suivre dans ces moments où tout autre individu se serait senti dépourvu, aurait paniqué en se demandant quoi faire. Il y avait ceux qui étaient perdus devant l'événement et continuaient leur chemin sans s'arrêter ; ceux qui prenaient leur portable pour appeler soit le 15 (le SAMU), soit le 18 (les pompiers) pour signaler l'accident avant de poursuivre leur route ; ceux qui s'arrêtaient machinalement et, au vu de la tragédie, s'affolaient et se mettaient à courir en tous sens en criant « Au secours ! À l'aide ! » ; et enfin ceux qui apportaient leur aide spontanément, pensant faire leur devoir civique, tout simplement.

Le pompier fouilla hâtivement ses poches, en sortit son portable et composa le 18 : « Je suis pompier, un accident vient de se produire entre deux VL (véhicules légers) sur la départementale 139, à l'intersection entre Messire et Bourgues à proximité de la discothèque « Les Titans ». Choc violent vu l'état des carrosseries, il doit y avoir plusieurs personnes impliquées. Envoyez les premiers secours, je vous rappelle pour un bilan plus détaillé d'ici quelques minutes, dès que j'aurai pu faire le tour des personnes impliquées. »

Automatiquement, sans réfléchir, il examina l'état des carrosseries, évalua l'importance du choc et les impacts, compta les victimes, leur parla, essaya d'évaluer la gravité de leur état, se fit une idée plus ou moins précise des lésions de chacune. Il savait qu'il ne devait en aucun cas s'arrêter à une seule victime, même si cette dernière criait au secours, appelait à l'aide, même si elle était inconsciente et ne répondait à aucune question. La priorité était d'évaluer la situation le plus rigoureusement possible, afin de pouvoir demander le nombre exact d'équipes médicales nécessaires à la prise en charge complète de tous les blessés. Il ne put s'empêcher de penser qu'à ce moment précis, son rôle était primordial dans le déclenchement de la chaîne de secours.

La première voiture était bien esquintée, l'aile avant était complètement écrasée du côté du passager, la portière ayant été arrachée lors du choc.

Le conducteur répondait à des questions simples mais restait confus, ce qui n'était pas le cas de la passagère à l'avant qui, projetée hors du véhicule, paraissait inanimée.

« Mademoiselle, vous m'entendez » ? répéta à plusieurs reprises le pompier, « Répondez-moi, serrez-moi la main, mademoiselle », répétait-il en la stimulant sans la bouger, mais rien ne semblait la réveiller. Aucun signe de respiration, son visage était ensanglanté et sa tête penchait sur le côté.

« Tenez bon, tenez bon, on va vous sortir de là ! », répétait le pompier pour se donner du courage.

Les deux autres passagers à l'arrière, couverts de sang, conscients, poussaient des gémissements. Ils étaient étalés l'un sur l'autre en avant des sièges et avaient du mal à bouger ; leurs ceintures n'étaient pas attachées.

La carrosserie avait été pliée sous le choc, comme une boîte de conserve ; elle avait dû faire des tonneaux avant de s'immobiliser, pas moyen de les sortir de cette tôlerie.

Il avait beau avoir appris à faire un premier bilan des victimes en cas d'accident et l'avoir pratiqué en équipe à plusieurs reprises, le pompier ne pouvait s'empêcher de trembler et de vouloir aller le plus vite possible. Il y avait de nombreuses vies en jeu. Il ne pouvait s'empêcher de penser que ces jeunes avaient vécu tranquillement jusqu'à il y a quelques minutes, sans se soucier du lendemain, avec sûrement des projets, des personnes à rencontrer, et les voilà projetés violemment dans une nouvelle réalité à laquelle ils ne s'attendaient surtout pas ; une réalité à laquelle ils ne pouvaient échapper désormais et où chaque seconde de leur vie dépendait désespérément de l'aide qu'il serait en mesure de leur apporter.

« Ils ont besoin de moi, ils ont besoin de moi ! ». Ces mots résonnaient dans sa tête pendant qu'il se dépêchait de rejoindre les autres victimes pour continuer son bilan.

Le deuxième véhicule était complètement désarticulé du côté conducteur. Le chauffeur était une jeune femme inconsciente, incarcérée dans la carrosserie pliée. Il s'approcha et lui prit son pouls. Rien ! Pas de signe de respiration non plus ! Le passager avant, quant à lui, gémissait et se plaignait de la tête et du dos.

« Tenez bon ! Je préviens les secours ! Vous m'entendez ? Tenez bon ! »

Une fois le tour des véhicules effectué, il reprit son portable et composa à nouveau le 18. D'une voix qui laissait entendre la gravité de la situation, il annonça son nom, son grade, le lieu de l'accident et fit son bilan comme s'il était en fonction : « Je confirme, accident entre deux VL, six victimes impliquées et toutes semblent gravement touchées. Quatre dans la première voiture et deux dans la deuxième. La première voiture est complètement écrasée avec trois victimes incarcérées, la passagère avant est éjectée et accessible en ACR (arrêt cardio-respiratoire). Dans le deuxième véhicule, la conductrice est incarcérée et elle aussi est en ACR. J'ai besoin de six équipes médicales sur les lieux et n'oubliez pas le camion de désincarcération. Je vais m'occuper de l'ACR qui semble accessible. Je vous rappelle s'il y a du changement. »

Il mit fin à la communication et se dirigea vers la passagère qui avait été éjectée de la première voiture.

La circulation était maintenant arrêtée sur plusieurs kilomètres, étonnant pour un dimanche à cette heure matinale. De plus en plus de personnes étaient amassées autour de l'accident. On aurait dit un spectacle grand public. Les curieux cherchaient une histoire à raconter à table pour le lendemain ; les gens pressés criaient pour qu'on dégage la route au plus vite ; ceux qui étaient bourrés étaient tout étonnés ; les réactionnaires braillaient que c'était bien fait pour eux, qu'ils n'avaient qu'à ne pas boire et conduire ensuite ; les bénévoles s'arrêtaient pour porter simplement assistance ; enfin, ceux qui étaient fatigués ne souhaitaient qu'une chose : rentrer chez eux, s'allonger dans leur lit et dormir.

— Est-ce qu'il y a quelqu'un qui connaît les manœuvres de premier secours ? cria le pompier.

— Oui, j'ai mon brevet de secourisme ! répondit un jeune homme en s'avançant.

— On va essayer de dégager cette personne, dit-il en montrant la jeune fille qui avait été projetée hors du véhicule et qui était inconsciente, elle est en ACR.

Respectant l'axe tête-cou-tronc, ils alignèrent la victime sur le sol. Le caporal chef ouvrit la bouche de la jeune fille et vérifia l'absence de corps étranger qui aurait pu l'empêcher de respirer, puis il mit deux doigts au niveau du cou pour y prendre le pouls, attendit quelques secondes.

« Pas de pouls, pas de respiration non plus », dit-il à haute voix pour que son nouveau partenaire l'entende, « il va falloir masser ».

Ils se mirent à deux, le pompier au niveau du tronc et son assistant au niveau de la tête, pour commencer le massage et le bouche-à-bouche. Le caporal chef commença par prendre des repères sur le thorax de la jeune femme puis effectua des compressions.

« Un, deux, trois, quatre... » Il comptait tout haut pendant que son assistant maintenait fermement la tête dans l'axe du corps. À trente, ce dernier luxa la mâchoire un peu en avant avec sa main droite avant de se pencher et effectuer deux insufflations. À chaque insufflation, il regardait bien le thorax de la victime pour vérifier s'il se soulevait, signe même d'une bonne ventilation. Il s'arrêta un temps pour laisser l'air s'échapper et refit aussitôt le geste à deux reprises. Ils continuèrent la même série de mouvements pendant deux minutes. Le caporal chef vérifiait régulièrement si la victime avait un pouls, signe de reprise de l'activité cardiaque.

« Rien ! », dit-il.

Ils inversèrent leur place.

« Un, deux, trois, quatre, cinq… »

Le temps semblait arrêté, il y avait beaucoup de bruit et de chaos autour d'eux. La seule chose qu'ils entendaient, c'était les chiffres jusqu'à trente avant les deux insufflations. Ils étaient totalement absorbés par ce qu'ils devaient faire pour maintenir en vie cette jeune fille qu'ils ne connaissaient pas.

La sirène de la police les sortit de leur bulle. Deux patrouilles de police venaient d'arriver sur les lieux. L'un des policiers s'approcha et le caporal chef, l'ayant vu venir, lui lança avant qu'il eût le temps de poser la moindre question : « Accident entre deux VL, il y a six victimes graves, deux dans un et quatre dans l'autre dont celle-ci. Je n'ai pas eu le temps de m'occuper des autres, est-ce tu pourrais t'en charger, s'il te plaît ? »

Le policier s'inclina devant les directives péremptoires du caporal chef. Il fit le tour des véhicules tandis que ses collègues essayaient de tenir les curieux à distance et sécurisaient le périmètre. La deuxième patrouille partit s'occuper de la circulation et du balisage des lieux. Le policier se dirigea vers la première voiture accidentée. Il avait l'habitude de voir des accidents de la route et au premier coup d'œil à la carrosserie, il comprit la gravité de celui-ci.

« Ça ne pardonne pas, c'est toujours la même chose, toujours tragique », murmura-t-il.

Arrivé à la hauteur du conducteur, il entendit les sirènes du camion du SAMU (Service d'aide médicale urgente) au loin. Il s'écarta du véhicule pour aller les accueillir : « Tenez bon, jeune homme ! dit-il au conducteur, on va vous sortir de là ! »

La première équipe du SAMU arriva sur les lieux. Le médecin sortit de son camion et l'agent de police lui expliqua ce qu'il savait.

La procédure de déclenchement des secours veut que les pompiers, recevant le premier appel d'aide, envoient les premières équipes d'intervention et préviennent le SAMU si des vies sont en danger. Celui-ci évalue à son tour le nombre d'équipes médicales nécessaires à la mission.

L'infirmier anesthésiste et l'ambulancier se dirigèrent vers le caporal chef et son aide qui, inlassablement, effectuaient la réanimation cardio-respiratoire pour garder la jeune fille en vie.

« On reprend de là ! leur lança l'infirmier, mais on va garder l'un d'entre vous. » Le pompier se porta volontaire.

Un des ambulanciers se mit au niveau du tronc et le pompier à la tête, l'infirmier anesthésiste se prépara à poser une voie veineuse, tandis qu'un autre ambulancier préparait le matériel nécessaire à l'intubation. « Tu me racontes ce qui s'est passé ? » demanda-t-il.

Le premier médecin fit rapidement le tour des victimes et passa son bilan, confirmant la nécessité de six équipes médicales à son centre de régulation. D'autres équipes médicales du SAMU arrivèrent sur les lieux. Le premier médecin leur donna des directives et expliqua la situation et rejoignit son équipe pour continuer la réanimation de la jeune fille. Heureusement, son équipe était formée d'un infirmier anesthésiste qui, vu la gravité de la patiente, avait déjà intubé, mis sous oxygène, posé le collier cervical, avec deux voies veineuses, mis sous scope et monitoring la jeune fille pour surveiller la moindre activité cardiaque.

L'infirmier anesthésiste passa son bilan à son médecin : « Il s'agit d'une jeune femme d'une vingtaine d'années, projetée en dehors du véhicule sous le choc, retrouvée en ACR par ce pompier en civil qui a déclenché les secours et commencé le massage aussitôt. Le tracé reste plat depuis déjà cinq minutes, pas de pouls et pas de tension, nous sommes arrivés à peu près dans les dix minutes après le déclenchement des secours... »

De loin, le carrefour ressemblait à une foire, une fête, on voyait des lumières de toutes les couleurs tourner en permanence : jaune, rouge, orange, bleu. La vie et la mort s'y étaient donné rendez-vous.

Le camion de désincarcération arriva enfin sur les lieux. Toute l'équipe se mit au boulot sous la direction du capitaine pour mener à bien le plan de sauvetage de secours routier.

Le deuxième médecin se présenta à ce dernier pour qu'ils puissent définir à deux la procédure la plus judicieuse pour dégager les victimes sans mettre leur vie en danger et sans retarder la prise en charge :

— En combien de temps voulez-vous que je les sorte ? demanda le capitaine.

— J'ai besoin que ça se fasse le plus rapidement possible, répliqua le médecin.

— O.K., c'est parti les gars ! cria le capitaine. On a peu de temps et beaucoup de boulot, alors on se dépêche !

Il y avait à ce moment précis cinq camions de pompiers sur les lieux de l'accident, six camions du SAMU et un hélicoptère de la sécurité civile.

— On choque, chargez à 200 joules !

Le premier médecin avait examiné minutieusement sa patiente, il avait recherché des signes de lésions externes visibles comme des déformations, des fractures, des hématomes ou des plaies. Elle avait déjà reçu de l'adrénaline et était sous ventilation artificielle[1]. Le tracé électrique de l'activité cardiaque sur le moniteur restait plat, quand soudain une fibrillation ventriculaire[2] se manifesta sur le scope.

---

[1] Il s'agit une machine qui lui insufflait de l'oxygène à 100 % sous pression par l'intermédiaire d'un tube placé dans sa trachée et gonflé par un ballonnet à son bout pour l'empêcher de bouger

[2] La fibrillation ventriculaire est un trouble du rythme cardiaque qui correspond à des contractions rapides, désorganisées et inefficaces du coeur. Sur le tracé du scope, elle

— Nous avons une fibrillation, les enfants ! s'écria le médecin.

L'infirmier anesthésiste prit les deux palettes du défibrillateur et les posa sur le thorax dénudé de la jeune femme :

— Ne touchez à rien, écartez-vous ! cria-t-il en regardant autour de lui pour s'assurer que personne ne touchait la patiente. Attention ! cria-t-il, je vais choquer !

Il regarda à nouveau tout autour avant de délivrer le choc. Le thorax de la jeune femme se souleva sous le choc pour retomber à nouveau ; on entendit un bip sur le scope, le tracé restait plat.

— Rien ! Un milligramme d'adrénaline et 50 ml de bicarbonate de sodium à 8,4 % et on continue le massage ! dit le médecin.

Il sortit son stéthoscope et vérifia si l'air passait bien dans les deux poumons.

— J'ai du mal à entendre à droite et le thorax ne me semble pas se soulever de ce côté lors des insufflations.

Il vérifia la trachée qui semblait désaxée sur le côté gauche. La tension artérielle était toujours imprenable et la saturation[3] inexistante.

Sous ses mains il pouvait sentir les côtes craquer entre la quatrième et la septième à droite, certainement une conséquence du choc lors de l'accident. Il dégonfla le ballonnet de la sonde d'intubation, le repositionna, le regonfla à nouveau pour réécouter le thorax.

— Toujours rien à droite ! Prépare-moi le drain thoracique, elle doit sûrement avoir un hémothorax[4].

Il examina le thorax de la jeune femme, repéra la ligne médio-axillaire droite sous l'aisselle, compta les côtes jusqu'à la

---

est représentée par des ondulations irrégulières plus ou moins fines, sans vrais complexes graphiques. Dans cette situation, la seule solution est de choquer le muscle cardiaque le plus rapidement possible.

[3] Taux d'oxygénation du sang.

[4] Du sang piégé autour du poumon le comprimant et empêchant l'oxygénation.

hauteur de la cinquième et la sixième et désinfecta autour. Il posa le champ stérile autour de la zone de ponction pendant que l'infirmier préparait le drain thoracique. Il prit la seringue de 20 ml montée d'une aiguille intramusculaire, ponctionna au bord supérieur de la sixième côte et aspira en avançant jusqu'à ce que du sang gicle dans la seringue.

— O.K., passe-moi le scalpel !

Il fit une incision transversale juste au-dessus de la côte inférieure pour éviter d'endommager les vaisseaux situés plus haut à ce niveau, puis avec une pince hémostatique, pénétra dans la plèvre en élargissant l'ouverture, prit le drain à son extrémité et l'introduisit dans le thorax. Une fois en place, il le raccorda à une poche à urine vidangeable stérile qui se remplit aussitôt de sang. Un litre. Le poumon se soulevait mieux, deux litres… Il clampa la poche pour arrêter la vidange.

— Bordel ! s'écria le médecin, elle est en état de choc, une hémorragie interne, il faut la transfuser le plus tôt possible sinon on va la perdre !

— On n'a pas de sang sur place ! répondit l'infirmier, je vais envoyer quelqu'un en chercher.

— Je sais, en attendant il va falloir se débrouiller comme on peut !

— Fais-lui un HemoCue[5] et passe-lui des macromolécules à toute vitesse, ordonna le médecin !

— Aussitôt dit, aussitôt fait, répliqua l'infirmier.

Maintenant qu'une partie du sang était évacuée, le poumon droit se soulevait mieux à chaque insufflation de la machine et la déviation de la trachée s'était réduite.

Le médecin ferma l'incision par des points séparés tout en fixant le drain.

— HemoCue à huit grammes ! Ça confirme l'hémorragie, dit l'infirmier.

---

[5] L'HemoCue permet de quantifier une hémorragie externe ou interne et donne le taux d'hémoglobine dans le sang.

— On continue le massage, tiens bon, on va te tirer de là !

Toujours pas de pouls, ni de tension. Le tracé était plat avec des sursauts dus au massage cardiaque.

— Il ne reste plus qu'une chose à faire, donne-moi une tubulure de transfusion et un raccord biconique.

Il coupa le côté le plus étroit du raccord biconique d'environ 1,5 centimètre, l'emboîta dans le robinet de la poche à urine, puis introduisit le transfuseur à l'autre bout, clampa la poche, la bascula pour purger sa ligne et finit par brancher la tubulure à l'une des voies veineuses de la patiente. Le sang commença à couler dans la veine.

— On va la remplir avec son propre sang jusqu'à ce qu'on trouve mieux. Va me chercher la poche à pression pour accélérer l'autotransfusion, dit-il à l'ambulancier.

Il entoura la poche à pression autour de la poche à urine contenant le sang de la patiente et la gonfla pour accélérer le flux de remplissage…

— Allez, tu ne vas pas me lâcher maintenant, murmura le médecin en grinçant des dents.

— On tient un pouls ! s'écria l'infirmier.

— Arrêtez de masser !

Le tracé du scope montrait des complexes graphiques larges correspondant aux contractions cardiaques de la patiente.

— Prends une tension.

— C'est en cours.

— 80/40, dit l'ambulancier, la saturation est à 87… 88… 89 %, elle monte !

— Parfait. On remet un autre Voluven, tout le sang est déjà passé !

Le médecin enleva la poche à pression, clampa sa ligne, ouvrit le drain thoracique pour recueillir le sang et recommencer la même manœuvre.

— Le tracé repart en fibrillation ventriculaire !

— Allez ! On choque à 200 joules !

L'infirmier anesthésiste s'exécuta aussitôt, le corps de la patiente se souleva à nouveau sous le choc, le scope se mit à vibrer sous les contractions cardiaques.

— Ça y est, on a une activité !

Toute l'équipe échangea un regard complice.

— Fais-moi un électro, s'il te plaît ! Et prépare-moi aussi une seringue électrique avec 20 mg d'adrénaline ramenée à 40 ml, vitesse : 1 mg/heure.

Il prit son téléphone et appela le 15, la régulation médicale[6]. Le médecin passa son bilan en détail et demanda au régulateur de lui trouver un bloc opératoire cardio-thoracique disponible et prêt à intervenir. Il rajouta la nécessité de sang frais et de plasma pour une transfusion urgente. Le régulateur lui répondit qu'il disposait d'un bloc opératoire prêt à intervenir et lui demanda d'y acheminer la patiente au plus vite par hélicoptère.

La tension semblait stabilisée à 100/50, le pouls était symétrique et la saturation aux alentours de 90 %.

— Allez, on se dépêche, on va prendre l'hélico ! cria le médecin.

Les pompiers sur place préparèrent la planche et le brancard et se mirent en position de relevage : un au niveau de la tête maintenant la rectitude du rachis et le collier cervical, un autre au niveau du bassin, un troisième au niveau des épaules et un quatrième aux pieds.

— À trois on y va ! Un, deux, trois !

Tous d'un seul mouvement soulevèrent la patiente pendant que le reste de l'équipe glissait la planche et le brancard sous celle-ci. Une fois dans l'hélicoptère, la patiente fut évacuée au

---

[6] Dans chaque SAMU se trouve un centre d'appels composé de permanenciers qui sont formés pour trier les appels et qui, en fonction de l'urgence, les transmettent aux médecins régulateurs. Ceux-ci peuvent soit délivrer des conseils simples, soit envoyer SOS Médecins, les pompiers, des ambulances basses ou la Croix-Rouge selon les besoins. Les équipes médicalisées de réanimation mobiles sont envoyées en priorité sur les lieux où la vie des patients est en danger immédiat. Une fois que l'équipe médicale est sur place, le médecin transmet son bilan au régulateur et ils décident ensemble de la destination la plus appropriée pour la suite de la prise en charge.

plus vite vers l'hôpital en compagnie du médecin et de l'infirmier.

— Bon boulot ! lança en partant le médecin au pompier qui avait déclenché les secours et qui s'était occupé de la patiente. Merci à toi, t'es un chef, bon boulot !

Le caporal chef ne put exprimer ce qu'il ressentit à ce moment précis, une sensation étrange de bien-être malgré tout ce chaos qui l'entourait. De la joie d'avoir sauvé des vies, de la tristesse ne sachant s'ils allaient s'en sortir, de la fierté d'appartenir à un corps de métier qui sauve la vie de ses semblables.

Il vivait le moment présent, il se sentait vivant et utile, utile à ce monde, utile aux autres, une sensation de plénitude l'envahit. Il expérimentait ce moment rare et privilégié que peu ont la chance de connaître, cet instant où la sensation de faire corps avec le monde s'empare de tout votre être et vous fait vibrer.

Le pompier ferma les yeux, aspira un grand bol d'air frais et les rouvrit à nouveau pour contempler les étoiles qui lui faisaient des clins d'œil dans la nuit. Il sentait son cœur battre, il ne s'était jamais senti aussi vivant que ce soir, un sourire illumina son visage malgré le chaos général qui l'entourait.

2. Planète Human

Sur la planète Human, chaque être était éduqué dans un seul et unique but commun : l'épanouissement de tous et l'harmonie générale, l'homéostasie.

Le mot d'ordre était : « Chaque vie est unique, chaque être est différent et indispensable au bien-être de tous ».

Cela faisait un bout de temps qu'Hémo était en apprentissage à l'école pour assimiler tout ce dont il avait besoin pour rentrer dans la vie active. L'école se trouvait dans le pays appelé Moelle Osseuse, reconnu comme centre de formation des élites de la planète Human.

Hémo s'était souvent demandé pourquoi ils donnaient ce nom à leur planète, mais il n'avait jamais eu de réponse précise, c'était un nom comme un autre, après tout. Il faisait partie de la grande famille des *Red Cells*, on le lui rappelait d'ailleurs tous les jours : « Vous êtes les piliers de cette planète, sans vous elle s'asphyxierait, sans vous elle mourrait ! » Voilà comment madame le professeur commençait la classe chaque jour, de quoi mettre la barre assez haute et leur faire comprendre l'importance de leur rôle futur dans la société.

Hémo et ses compagnons avaient été formés pour exercer un seul et unique travail, à la perfection, celui des *Red Cells*. Les *Red Cells* étaient des êtres de petite taille, doués de pouvoirs spécifiques. Ils portaient un uniforme dernier cri rouge très résistant contre toute forme d'attaque, qui changeait de couleur au contact de l'oxygène et du dioxyde de carbone, passant du rouge vif au plus foncé. L'uniforme leur donnait le pouvoir de changer de forme et de taille à volonté, une faculté indispensable pour mener à bien leur mission.

Les *Red Cells* avaient pour principale fonction de transporter l'oxygène et le dioxyde de carbone entre les deux plus grands continents fabricants d'oxygène qui se nommaient Poumons Islands et les pays consommateurs. Ils étaient pour cela dotés d'outils sophistiqués tels que l'hémoglobine qui avait une affinité modérée avec l'oxygène et forte avec le dioxyde de carbone ; sans elle, il aurait été pratiquement impossible pour un *Red Cell* de capturer ces molécules et d'effectuer son travail.

Sur la planète Human, tous les individus étaient sélectionnés, éduqués et orientés en fonction de leurs prédispositions génétiques. Rien n'empêchait ceux qui souffraient de maladie génétique ou de handicap de suivre une formation adaptée pour devenir un membre actif dans la société.

N'oublions pas l'article premier de la Déclaration universelle de la planète Human : « Chaque vie est unique, chaque être est différent et indispensable au bien-être de tous ».

Dans la classe d'Hémo, il y avait des élèves dont la peau fragile les obligeait à porter un uniforme adapté à leur condition, plus rigide et moins déformable, leur permettant d'effectuer le même travail que les autres : on les appelait les « Drépanocytes » à cause de leur ressemblance avec des faucilles.

D'autres élèves, encore plus petits et plus fragiles, les Thalassémiques, savaient déjà qu'ils ne feraient pas une longue carrière, mais ceci n'enlevait rien à leur enthousiasme, les autres *Red Cells* étant toujours là pour les aider.

D'après ce qui se racontait, Hémo était parmi les meilleurs élèves de sa classe et les professeurs l'aimaient bien, ce qui ne faisait pas le bonheur de Grem, un camarade jaloux d'Hémo, de son aisance, de sa facilité à répondre aux questions et à exécuter les tâches.

Heureusement, depuis sa plus tendre enfance Hémo avait grandi avec son meilleur ami et compagnon de toujours, Red2, avec qui il avait tout partagé jusqu'à ce jour.

Red2 était du genre drôle et s'amusait de tout, tandis qu'Hémo avait un regard plus direct et sérieux sur les choses ; ils arrivaient assez bien à se comprendre et se complétaient parfaitement.

Chaque jour, deux cents milliards d'élèves exerçant des métiers différents étaient diplômés de Moelle Osseuse et envoyés dans la vie active.

Hémo ne s'en souvenait plus très bien, mais d'après ce qu'on leur avait appris en classe au départ, ils étaient des millions de milliards à suivre la formation initiale. Au fur à mesure de leur évolution, les élèves étaient séparés par spécialités : les Lymphoïdes étaient les futurs soldats formés pour défendre la planète et répondre à toute forme d'attaque dans le monde. Leurs bases étaient situées dans des pays comme Rate, Thymus et surtout un peu partout dans le monde dans des garnisons au doux nom de Ganglions Lymphatiques. À la fin de leur formation, ces Lymphoïdes avaient des spécialités bien précises. Les Myéloïdes qui se répartissaient en trois sous-groupes d'élèves : les Granulocytes, les Érythrocytes et les Mégacaryocytes.

Les Granulocytes étaient les élèves les plus grands et les plus forts. Ils constituaient les nettoyeurs de l'organisme, avalaient tout sur leur passage et nettoyaient la planète en continu, se spécialisant à leur tour en trois groupes par la suite : les Neutrophile, les Éosinophiles et les Basophiles.

Les Érythrocytes et les *Red Cells* étaient les futurs pilotes, comme les autres aimaient les appeler. Tout le monde était heureux de les voir arriver à n'importe quel moment, sur rendez-vous ou à l'improviste. Hémo était l'un d'entre eux. Les *Red Cells* approvisionnaient la planète de cette denrée essentielle à la vie qu'est l'oxygène. Ils permettaient de réduire, en les évacuant, certains gaz fortement toxiques comme le dioxyde de carbone

(CO_2), qui participe à l'effet de serre. Leur professeur leur racontait souvent des histoires de guerres et de batailles durant lesquelles les *Red Cells* étaient allés porter secours à la population. Hémo se sentait très fier d'appartenir à cette formation d'élite et pour rien au monde il n'aurait voulu changer de discipline ou de métier.

Enfin les Mégacaryocytes, élèves les plus petits de la formation, étaient spécialisés dans le colmatage, la réparation et la reconstruction de la planète. C'étaient les maçons de la planète Human. On racontait dans la classe qu'ils avaient tous les mêmes arrière-arrière-arrière-grands-parents ! Mais Hémo avait de gros doutes ! Comment pourraient-ils avoir les mêmes parents, ils étaient si différents ! Mais la prof maintenait que c'était vrai ! Quoi qu'il en soit, Hémo ne s'en souvenait pas et comment aurait-il pu croire à ce qu'il n'avait jamais vu ?

La seule chose qu'il voyait pour le moment, c'était que physiquement, intellectuellement, il n'avait rien à voir avec les autres élèves des autres formations et cela suffisait à semer le doute dans son esprit. Toute son attention était dirigée vers le futur et ce qu'il allait pouvoir accomplir dans la vie réelle. Il ne pouvait attendre de mettre en pratique son savoir-faire et venir en aide à tous les citoyens du monde.

3. La désincarcération

L'équipe de désincarcération venait de finir de découper la voiture. Les infirmiers, ambulanciers et médecins des différentes équipes commençaient à prendre en charge les différentes victimes sous la surveillance du directeur des secours médicaux (DSM). Le DSM avait pour seule fonction de gérer la logistique des opérations. L'objectif de sa mission était de surveiller la prise en charge et l'évacuation la plus rapide possible de chaque victime vers le centre de soins adapté à sa condition.

Le dernier camion du SAMU arriva sur les lieux. Le médecin se présenta auprès du DSM qui, après lui avoir expliqué la situation, l'envoya s'occuper du conducteur de la première voiture qui, à première vue, semblait être le moins touché.

Le médecin du SAMU s'approcha du conducteur. Les deux passagers arrière avaient déjà été pris en charge et sortis de la voiture par les pompiers et autres équipes du SAMU.

— C'est quoi votre nom, vous m'entendez ?

— Sophie, comment va-t-elle ? murmura le conducteur.

— C'est quoi ton nom ?

— Jimmy, mais où est Sophie ?

— Je ne sais pas, mon collègue s'en occupe pour l'instant, comment te sens-tu ?

Pas de réponse !

— Jimmy, écoute-moi, tu as été écrasé par la carrosserie de la voiture et j'ai besoin que tu m'aides, tu m'entends, Jimmy ?

Toujours pas de réponse, le médecin continua :

— Jimmy, est-ce que tu sens tes jambes ? Jimmy, reste avec moi, tu m'entends ? Est-ce que tu sens tes jambes ?

Jimmy était tout pâle et répondit sans émotion :

— Oui, je les sens…

— Jimmy, est-ce que tu as mal ? Est-ce que tu as mal ?

— Un peu…

— Est-ce que tu as du mal à respirer ? Jimmy, allez, réponds-moi, arrives-tu à bien respirer ?

— Oui, ça va…

— Tu peux bouger les bras ?

— Ça y est ! cria un des pompiers.

Ils venaient de découper le siège du conducteur pour libérer de la place et pouvoir enfin extraire Jimmy. Le collier cervical était déjà en place et un pompier était posté derrière Jimmy, sur les sièges arrière, afin de s'assurer que la colonne vertébrale restait bien en ligne avec le reste du tronc pendant tout le transfert. L'infirmier avait déjà posé une voie veineuse et les constantes restaient correctes : une tension artérielle à 100/80, un pouls à 130 rapide et une saturation à 96 % sous oxygène à 9 litres sous masque à haute concentration.

Le médecin s'écria : « Allez ! On se dépêche pour le dégager de là ! » Il donna des directives aux pompiers et à son équipe.

Jimmy fut dégagé avec précaution et mis dans le camion du SAMU. Pendant que l'infirmier découpait ses vêtements, le médecin l'examinait méticuleusement, à la recherche de signes de lésions externes type blessures, coupures, éraflures ou de signes de contusions internes tels qu'hématomes, gonflements, douleurs à la palpation… Il commença par la tête, puis étudia les membres supérieurs, les mains, les bras, les épaules, les deux clavicules. Les expressions de Jimmy l'orientaient sur l'existence de points douloureux, traumatismes ou fractures non visibles à l'œil nu. Il détecta une déformation au niveau du tibia et du péroné gauche. Le médecin y mit une attelle pour fixer tout déplacement secondaire le temps du transport. Des dermabrasions étaient présentes un peu partout sur les membres et le visage. Il descendit sur le thorax et appuya tout doucement sur les côtes une par une.

— Aïe !

Jimmy poussa un cri aigu.

— Des fractures probables de la sixième à la dixième côte à droite, probablement dues à la ceinture de sécurité, diagnostiqua le médecin.

Il continua à examiner le ventre méticuleusement, cadran par cadran. Le foie d'abord. Jimmy poussa un nouveau cri, son ventre était dur.

« Il y a définitivement un signe de défense[7] », murmura le médecin. « Je voudrais une deuxième voie veineuse de gros calibre avec un Voluven[8], s'il te plaît. »

Il ausculta les deux poumons, le ventre, le trajet des grosses artères, à la recherche d'un souffle…

Le patient avait déjà du sérum physiologique[9] dans l'une de ses voies.

— Tu peux me faire un HemoCue, s'il te plaît ? »

Il continua à examiner le bassin et le rachis, prit son stéthoscope et écouta le cœur et les poumons.

— HemoCue à 8,5 grammes, dit l'infirmier.

— Ça confirme la défense au niveau de son ventre, c'est ce que je pensais.

Il prit son téléphone portable et composa le 15 pour passer son bilan. Il demanda à transporter le patient par hélicoptère, suspectant une hémorragie interne due à une lésion du foie devant être immédiatement explorée au bloc opératoire. Il

---

[7] Ceci étant un signe indirect d'un probable saignement interne.

[8] Le Voluven est une macromolécule qui permet de mieux remplir le secteur vasculaire en cas de saignement ; ceci permet de maintenir une tension artérielle stable le temps de trouver la cause du saignement et de la réparer.

[9] Le sérum physiologique est comme de l'eau salée, ça permet de passer des drogues et de remplir au besoin le secteur vasculaire du patient.

demanda également à sa régulation de disposer de sang, des plaquettes et du plasma frais à son arrivée. Le médecin, une fois son bilan fini, raccrocha le téléphone. Il se tourna vers son équipe :

— Allez, on y va les gars ! On va se préparer pour l'hélico.

L'hélico venait d'arriver, il avait juste eu le temps de faire un aller-retour entre l'hôpital et le lieu de l'accident.

Le médecin se tourna vers Jimmy pour effectuer un examen neurologique plus détaillé quand soudain ce dernier perdit connaissance.

« Jimmy ? Jimmy ? »

Pas de réaction !

« Allez, on prépare de quoi intuber ! »

En moins de cinq minutes, Jimmy était mis sous anesthésie générale, intubé et ventilé. La tension semblait maintenue à 80/50, avec un pouls à 135, une saturation à 95 %.

« On continue le remplissage par Voluven et on prépare 5 mg d'adrénaline au cas où ! »

Les pompiers aidèrent à relever Jimmy et le transportèrent dans l'hélico. Le médecin rappela le SAMU pour connaître la destination, les tenir au courant des dernières évolutions et avoir la confirmation de la disponibilité du sang et du plasma à son arrivée au bloc opératoire.

4. Le début de la vraie vie

Hémo et son ami Red2 faisaient partie des meilleurs pilotes de la section. Ils se suivaient partout depuis leur rentrée à l'école. Red2 était drôle et toujours joyeux, comme si la vie était une immense pâtisserie qu'il ne pouvait s'empêcher de déguster à chaque instant. Il avait aussi du mal à rester sérieux, ce qui n'était pas le cas d'Hémo qui gérait avec une infinie précision les différentes situations auxquelles il était confronté et avait une grande capacité d'adaptation.

Tous les deux étaient doués pour le pilotage et reconnus pour leur extraordinaire adresse : ils étaient surnommés les « casse-cou » de la compagnie par leurs collègues, tellement leurs manœuvres semblaient impossibles à réaliser.

Ils allaient bientôt vivre leur rêve de voyager partout dans le monde. Tous ces endroits fantastiques que les professeurs leur avaient décrits : Cœur Land, Cerveau Land, Reins Islands, Foie Land et tant d'autres lieux à visiter, de personnes à secourir, de rencontres à faire...

Ils étaient enthousiastes à l'idée de quitter l'école et de rentrer dans la vie active, parfaitement conscients des dangers de leur travail. Des milliards de pilotes mouraient chaque jour en activité, mais ceci ne leur faisait pas peur, ils étaient nés et formés pour ce métier.

Ils connaissaient par cœur les deux consignes essentielles de leur mission : chaque seconde, chaque instant, les *Red Cells* étaient chargés de transporter l'oxygène depuis Poumons Islands vers les autres pays consommateurs du monde, en mettant la priorité sur ceux qui en avaient le plus besoin ; de capturer la combustion et les déchets engendrés par l'utilisation de l'oxygène par ces pays sous forme de dioxyde de carbone et les transporter vers Poumons Islands où ils seraient échangés à nouveau contre de l'oxygène.

D'après ce qu'Hémo avait appris, l'accumulation de dioxyde de carbone pouvait mettre fin à la vie sur Human. Ils appelaient ça l'effet de serre. Il semblait paradoxal que la consommation d'oxygène et la combustion d'aliments qui permettaient de maintenir la vie puissent en même temps produire l'un des gaz les plus toxiques et entraîner la mort en cas d'excès ! Une accumulation excessive de ce gaz entraînerait une suite de réactions chimiques qui aboutirait à un changement de pH (climatique) qui, à son tour, ralentirait de manière désastreuse les activités de la planète, entraînant son asphyxie.

Hémo était l'un de ceux qui avaient la charge d'éviter ce type de catastrophe. Il avait appris et connaissait parfaitement, en théorie, le fonctionnement de son monde, le rôle et les fonctions des autres formations de son pays, à savoir les Plaquettes, les Granulocytes, les Lymphocytes, avec qui il avait grandi. Mais il ne connaissait que peu de choses des autres pays, Cœur Land, Cerveau Land, Foie Land, Muscles Monts, Reins Islands… Il avait une vague notion de ce que ces derniers faisaient, mais n'avait aucune idée de la manière dont ils participaient, chacun à son niveau, à l'équilibre planétaire. Ils semblaient si lointains, ils devaient probablement avoir une façon de vivre très différente de la sienne. Tout ceci était encore flou dans sa jeune tête d'écolier. Il n'avait pour le moment qu'un but, celui de croquer la vie et de profiter de ce privilège qu'il avait de pouvoir visiter tous ces endroits merveilleux et de voir le monde tel qu'il l'imaginait.

Aujourd'hui, c'était la dernière semaine de cours et la semaine prochaine, Hémo et ses camarades allaient enfin rentrer dans la vie active.

5. La déclaration de guerre

Une sirène se fit entendre dans tout le pays, le haut-parleur annonçait une menace générale ! « Besoin de nouveaux *Red Cells* en urgence dans la circulation ! Je répète : besoin de nouveaux *Red Cells* en urgence dans la circulation ! ». Le message était répété en boucle.

Tous les élèves étaient excités d'entendre la nouvelle, Hémo se tourna vers Red2 : « Ça y est, espérons qu'ils vont nous libérer avant l'heure, j'ai tellement hâte d'y être, je crois que je ne tiendrai pas un jour de plus en place ici ! »

Ils se mirent tous en ligne, quand soudain Grem poussa Hémo et Red2 pour se mettre devant eux : « Tu vas voir de quoi je suis capable ! » dit-il.

Le professeur se leva et proclama d'une voix solennelle : « Voilà le moment que vous attendiez tous avec impatience : rentrer dans la vie active. Je pense que vous êtes tous prêts à accomplir votre tâche et à mettre en pratique ce qui vous a été enseigné ici. Mettez-vous en rangs cent mille par cent mille et tenez-vous prêts ! »

Dans la cour, toutes les sections étaient prêtes à intervenir : non seulement les *Red Cells* mais aussi les autres formations d'élèves, les Granulocytes, les Lymphocytes et les Plaquettes.

C'était la première fois qu'Hémo voyait autant de personnes réunies au même endroit, son hémoglobine battait si fort qu'il pouvait presque l'entendre.

Il y avait comme un air de joie et d'excitation, tout le monde était impatient de rentrer dans la vie active mais en même temps, il y avait la crainte de l'inconnu, de ne pas être à la hauteur de la tâche pour laquelle ils avaient été si longtemps préparés. C'était la première fois qu'ils allaient affronter la vie et y participer pour de vrai.

Toutes les images et tout ce qu'il avait appris jusqu'à aujourd'hui défilèrent à toute vitesse dans la tête d'Hémo. Il avait du mal à les mettre en ordre, tout se mélangeait. Soudain, il entendit crier dans le haut-parleur. Le directeur salua tout le monde et délivra son discours : « Chers élèves de la dernière année, je suis... » Il s'arrêta un moment pour reprendre. « Le pays tout entier et l'école sont fiers de vos parcours jusqu'à présent. Nous avons toujours eu pour objectif de développer vos capacités pour que vous soyez les meilleurs dans vos domaines respectifs, ceci dans un but et un seul : que vous les mettiez un jour au service des citoyens de ce monde. »

Le directeur mit la main sur sa poitrine et commença à crier avec énergie et passion dans la voix : « Notre devise est : "La vie de ce monde dépend de moi et je dépends de la vie de ce monde" ! ».

Tout le monde reprit en cœur : « La vie de ce monde dépend de moi et je dépends de la vie de ce monde ! »

Il continua :

— Je jure sur mon honneur...

— Je jure sur mon honneur...

Hémo avait tout le corps en branle, il ne s'était jamais senti aussi fier et utile qu'à cet instant précis.

« ... de venir au secours de tous les citoyens de ce monde sans exception... »

Les voix résonnaient avec une force inouïe et les mots prenaient un sens et une importance plus grande que jamais auparavant.

— J'apporterai mon aide à tout le monde, comme si ma vie en dépendait...

— ... J'apporterai mon aide à tout le monde, comme si ma vie en dépendait...

— Je donnerai ma vie pour préserver celle des autres, tout comme les autres donneront leur vie pour préserver la mienne...

Le directeur monta le ton : « Vous êtes tous diplômés aujourd'hui même, le monde compte sur vous pour sa survie, alors allez-y, faites ce que vous savez faire le mieux, battez-vous, amusez-vous et vivez la vie comme elle se doit d'être vécue, complètement et sans regrets... Et maintenant, ouvrez les portails ! »

Une porte géante s'ouvrit et tous les élèves furent soudainement soulevés par une vague gigantesque, les uns roulant sur les autres, se poussant, se bousculant, les plus gros écrasant les plus petits, dans un chaos qui les emportait vers ce monde qu'ils n'avaient encore jamais vu, tandis qu'ils continuaient à réciter encore et encore : « La vie de ce monde dépend de moi et je dépends de la vie de ce monde ». Hémo et Red2 se collèrent l'un à l'autre et Hémo cria :

— Ne me lâche pas, Red2, tiens bon !

— Comme toujours c'est toi le capitaine ! Je te suis...

6. Le monde extérieur

C'était la première fois qu'ils quittaient leur pays d'origine, Moelle Osseuse, et cela survenait au moment où le monde avait le plus besoin d'eux. Les voilà maintenant projetés dans le nouveau monde. Des *Red Cells* plus âgés et expérimentés commencèrent à donner des ordres et à organiser ce chaos général. On les reconnaissait bien, ils avaient des uniformes plus rugueux et moins élastiques, et surtout ils parlaient avec une assurance dans la voix qu'ils n'avaient jamais entendue, qui ne pouvait se former qu'avec l'expérience de la vie sur le terrain.

Un vieux *Red Cell* cria : « À toutes les sections de un à un million, rendez-vous au plus vite à Foie Land, suivez le guide, le pays a reçu une attaque et se trouve mal en point, des convois sanitaires vont vous rejoindre de tous les coins du monde pour vous aider, dépêchez-vous ! L'effet de serre augmente par accumulation de dioxyde de carbone provenant de catastrophes encore inexpliquées ayant lieu simultanément à Foie Land et à l'un des Poumons Islands. Le déséquilibre planétaire risque de provoquer un changement climatique général, ce qui signifie que tous les citoyens du monde vont être en danger d'ici peu si on n'arrive pas à contenir ces foyers de production de CO_2. Il faut absolument prévenir ce désastre ! »

Un autre vieux *Red Cell* intervint : « Les sections un million à dix millions, rendez-vous à Tibia Land, à l'ouest du pays, qui a subi un gros tremblement faisant beaucoup de dégâts ; des convois sanitaires vont vous rejoindre au plus vite. Pour toutes les autres sections de dix millions à quarante millions, suivez-moi, on va se rendre à Poumons Islands, qui rencontre des difficultés dans la région nord-est du pays. »

Hémo savait bien l'importance de Foie Land et en quoi ce pays était si important pour le fonctionnement harmonieux de toute la planète, il avait étudié le rôle de tous les pays du monde dans lequel il allait travailler. Mais tout ça n'était que de la théorie pour lui, il n'avait aucune idée de ce à quoi ils ressemblaient pour de vrai et comment il pourrait s'orienter dans cette immensité. Jusque-là, il n'avait fait qu'apprendre, écouter et suivre les ordres, il était anxieux et fébrile, il répétait encore « La vie de ce monde dépend de moi et je dépends de la vie de ce monde », ça le rassurait de savoir qu'il pouvait compter sur l'aide de tous les citoyens du monde pour s'en sortir au cas où… Cette pensée lui donna un frisson :

— Voilà, c'est ici et maintenant que ça commence !

— Par ici ! cria le vieux *Red Cell*.

Au milieu d'une poussée générale, Hémo accéléra. Toute son attention était maintenant focalisée sur sa mission : sauver la planète, sauver Foie Land en priorité.

7. Le bloc opératoire

Une fois à l'hôpital, l'équipe du SAMU transporta directement Jimmy en salle d'opération, où le chirurgien et toute son équipe les attendaient. Dès son arrivée, le médecin du SAMU passa son bilan à l'équipe receveur, le chirurgien et l'anesthésiste écoutèrent attentivement :

— Vers 2 heures du matin – ça va faire une heure – une voiture a brûlé le feu rouge et est allée s'encastrer dans un autre véhicule à proximité de la sortie d'une discothèque.

— Les discothèques les samedis soir, c'est toujours la même histoire, dit le chirurgien.

Le médecin, en montrant le patient sur le brancard, reprit son récit :

— Jimmy était au volant de la voiture percutée côté passager, le choc a été si violent qu'il a fallu désincarcérer les passagers. Il présente une fracture du tibia fermée à gauche, une contusion pulmonaire à droite avec probablement plusieurs fractures des côtes, une auscultation symétrique des deux côtés éliminant un pneumo, ou hémothorax. Il a surtout un ventre dur et le foie sensible. Je n'ai pas pu l'examiner sur le plan neuro comme il le fallait, il a perdu connaissance avant, mais les stimulations neurosensitives étaient symétriques, sans signe de localisation et il n'y a pas de signe de trauma crânien ni de plaie à ce niveau. Hémorragie interne probable sur lésion du foie, il a perdu beaucoup de sang.

— Parfait, dit le chirurgien. Allez, au boulot ! On va voir ça !

Le médecin se tourna vers l'anesthésiste :

— L'hémodynamique est stable, un pouls filant à 135, la tension artérielle est à 90/60, la saturation est à 97 % sous 100 % d'oxygène, une fréquence respiratoire à 20 et il a reçu 2 Voluven et 2 sérums phy jusqu'ici. Le dernier HemoCue était à 8,5 grammes et je viens d'en faire un autre qui est à 5 grammes. Si tu as le sang, c'est le moment de le lui passer.

L'anesthésiste brancha Jimmy sur son propre respirateur et installa ses pousse-seringues avec l'aide des infirmières du bloc pour poursuivre l'anesthésie générale.

— Vous l'avez curarisé ? demanda-t-il.

— Oui, il a eu 100 mg de Célocurine lors de l'induction, mais ça date de plus d'une demi-heure, répondit l'infirmier anesthésiste.

— Allez, on se dépêche, les enfants ! L'appareil d'autotransfusion est prêt ? demanda le chirurgien.

— Oui on est prêts, quand tu veux, répondit l'anesthésiste en finissant de vérifier les culots de sang O négatif.

Il les brancha en « Y » sur l'une des voies veineuses du patient et les enveloppa d'une poche de pression pour accélérer le débit de la transfusion. L'équipe du SMUR se retira du bloc :

— Bon courage à tous, je rappellerai plus tard pour prendre des nouvelles, dit le médecin.

— Merci à vous, les gars ! répondit l'équipe.

8. La vie reprend

Arrivé à Poumons Islands, Hémo se chargea en oxygène autant qu'il le put. Il était subjugué par la beauté de l'endroit ! C'était magnifique, ça ressemblait à une immense forêt tropicale remplie d'arbres gigantesques en forme de champignons, aux extrémités desquels les chargements avaient lieu. Leur rôle était extrêmement simple et en même temps absolument indispensable à la survie : produire de l'oxygène et éliminer le dioxyde de carbone. Pour s'approvisionner en oxygène, tous les *Red Cells* devaient emprunter différents circuits qui se divisaient en se rétrécissant progressivement pour enfin déboucher dans les quartiers appelés « alvéoles », où avaient lieu les échanges.

Un message résonna : « Effet de serre maximum, la vigilance absolue est demandée à tous les citoyens du monde ! »

On sentait bien que le climat était en train de changer, le taux de CO_2 grimpait, entraînant des perturbations dans la circulation générale et les approvisionnements. Le plan de catastrophe avait été déclenché dans tous les pays. Une diminution de la consommation de l'énergie fut demandée au niveau planétaire, dans le but de réduire les émissions de gaz carbonique. Tous les habitants baissèrent leur consommation journalière en ressources naturelles. Les réserves d'oxygène furent envoyées en priorité en direction des régions en difficulté immédiate.

Hémo et Red2 faisaient des allers-retours incessants entre Foie Land et Poumons Islands. Ils faisaient de leur mieux, mais les routes étaient de plus en plus encombrées, rendant leur travail de plus en plus difficile. Les accidents s'étaient multipliés un peu partout, entraînant une panique générale. Les conditions climatiques désastreuses se rajoutaient à ce chaos bien avancé.

Les informations annoncèrent plus d'un milliard de disparus parmi les *Red Cells*. Hémo savait que les plus grosses pertes étaient au niveau de Foie Land, Poumons Islands et Tibia Land. Il prenait pour sa part les plus grandes précautions à chaque fois qu'il traversait ces pays. Il savait qu'il était un maillon important de la chaîne de survie, et il avait appris à l'école que le sauvetage à tout prix n'avait aucun sens mais qu'en cas de nécessité, il ne devait pas hésiter à se sacrifier pour les autres.

On pouvait dire que le monde était bien fait, puisque les *Red Cells* les plus expérimentés étaient détachés en priorité pour couvrir ces zones de danger en première ligne en raison de leur expérience et de leur connaissance du terrain, bien que celui-ci ne ressemblât plus à ce qu'il était auparavant, la catastrophe ayant tout détruit sur son passage.

Hémo fut surpris de voir des jeunes élèves, les Érythroblastes, donner un coup de main. Il faut dire que les pertes chez les *Red Cells* étaient tellement importantes que toute aide était la bienvenue, même s'il fallait faire rentrer les élèves plus jeunes et n'ayant pas encore fini leur formation. Le problème était que, malgré toute leur bonne volonté, ils n'étaient pas encore aptes à effectuer leurs tâches et à s'orienter, gênant de ce fait le travail des autres. Et puis, ce n'étaient que des gamins, malgré tout. C'était dingue d'en arriver là, le monde devait être vraiment dans un piteux état pour voir ce genre d'ineptie !

Foie Land était dans un état pitoyable, Hémo et ses collègues avaient beau apporter de l'oxygène pour tamponner l'excès de CO_2, rien ne marchait. Ses habitants, les Hépatocytes, étaient contents de voir arriver les *Red Cells*, mais on pouvait lire la souffrance sur leur visage.

Les Plaquettes et les Granulocytes étaient tous là à réparer, nettoyer et colmater tout ce qu'ils pouvaient, mais ça repartait de plus belle. Tremblements de terre, inondation des villes et des villages avoisinants les points de catastrophe, tout était devenu flasque et mou. Il était difficile de se repérer et se déplacer dans ce désordre sans nom, ce chaos total ! Le nombre de *Red Cells* chutait vertigineusement, tout le monde se demandait comment arrêter cette catastrophe mondiale. Quand soudain…

9. La transfusion sanguine

L'anesthésiste vérifia les deux voies veineuses périphériques qui semblaient être de bon calibre, il brancha les culots globulaires[10] qu'il avait bien pris soin d'envelopper dans des poches à pressions. Il ouvrit à fond la pince à roulette au niveau de la tubulure et le sang se mit à couler à grande vitesse. La priorité dans une hémorragie est d'apporter assez de globules rouges pour qu'ils puissent oxygéner tous les organes en manque et d'éliminer le CO_2 en excès au niveau des poumons pour rétablir le pH sanguin normal, rééquilibrer le climat interne et faciliter les échanges intercellulaires.

Le problème de Jimmy était simple sur le plan théorique : arrêter le site de l'hémorragie et compenser les pertes de sang le plus rapidement possible, en prenant la précaution de ne pas majorer les dégâts. Mais c'est toujours beaucoup plus simple en théorie qu'en pratique...

Le chirurgien procéda à l'ouverture de l'abdomen en effectuant une incision de haut en bas, il disséqua les plans cutanés et sous-cutanés un à un, écarta les muscles, plaça les écarteurs pour bien ouvrir le champ opératoire et avoir un accès à tout ce qui pouvait saigner. Il ouvrit la plèvre et du sang rouge gicla, colorant tout le champ opératoire.

« Merde ! », dit-il spontanément en signe de frustration, « Je ne vois plus rien ». Il ouvrit les écarteurs un peu plus. « Peux-tu me tenir l'aspiration ? », dit-il à son aide opératoire, un autre chirurgien expérimenté.

---

[10] Du sang frais.

L'aspiration ne semblait pas aider, il y avait toujours autant de sang dans l'abdomen et le chirurgien avait du mal à voir.

« Passez-moi des compresses, beaucoup de compresses ! »

Il appuya dans le champ opératoire avec ses compresses avec lesquelles il poussa contre les organes pour arrêter l'hémorragie.

— Allez ! s'encouragea-t-il, montre-toi ! – comme s'il voulait s'aider pour trouver le point de l'hémorragie — Allez ! Montre-toi !

— On va brancher la machine d'autotransfusion, annonça l'anesthésiste.

L'appareil recueillait le sang du patient, le filtrait de certains de ses éléments et le lui réinjectait aussitôt. En même temps, du sang était transfusé de l'autre côté sur les deux voies veineuses.

— La tension semble être stable à 90/50 ainsi que la saturation autour de 85 %.

Lors d'une hémorragie de cette importance, tous les éléments sanguins sont en déficit et il faut apporter ces éléments en compensation. L'anesthésiste brancha des culots de plasma frais et des plaquettes, ce dernier contenant des facteurs de coagulation nécessaires pour arrêter les saignements. Le chirurgien poussa encore les écarteurs et ouvrit davantage le champ opératoire pour avoir une vision plus claire. Sa main comprimait toujours les organes dans le champ opératoire, il essaya de palper ce qui pouvait ressembler à une fuite ou à un jet de sang. Il fit le tour des organes internes, la rate, les grosses artères et les grosses veines et revint au foie. Centimètre par centimètre, il comprima avec des compresses et avança le long du foie.

« C'est là, au niveau du foie, je le sens, c'est ici, mais où ? » marmonna-t-il.

10. D'où viennent-ils ?

En un instant, la planète fut submergée par un raz de marée de nouveaux *Red Cells*.

« Mais d'où viennent-ils ? C'est si étrange, ils nous ressemblent drôlement et sont pourtant si différents ! Ils ne parlent pas notre langue, ils marmonnent un étrange dialecte inconnu. »

Hémo et Red2 étaient intrigués par ces vigoureux étrangers qui n'avaient pas les mêmes uniformes et qu'ils n'avaient jamais vus auparavant ! Ils n'étaient pas dans la vie active depuis longtemps et ils se demandaient s'il pouvait s'agir de *Red Cells* provenant de pays qu'ils ne connaissaient pas encore. Ils se tournèrent vers d'autres *Red Cells* plus âgés et expérimentés, surpris eux aussi !

— On dirait une invasion d'extra-humans !

— Qu'est-ce qu'ils viennent faire ici ?

Comme par enchantement, ces nouveaux arrivants se mirent à travailler, se dirigeant aussitôt vers Poumons Islands comme s'ils connaissaient parfaitement leur mission.

« Étrange ! C'est si étrange... »

Bizarrerie à part, cette aide tombait à pic, juste au moment où la planète en avait le plus besoin, ce qui rendait la chose encore plus mystérieuse. Plusieurs *Red Cells* commençaient à crier :

— Merci Goda, tu nous as entendus et nous as envoyé de l'aide, merci, merci !

— Qui est Goda ? se demanda Hémo.

— Goda, c'est le Tout-Puissant, expliqua un ancien, c'est lui qui nous aide en cas de besoin ou de catastrophe.

— Je ne comprends pas bien, c'est un *Red Cell* ?

— Non, c'est un être plus évolué que personne n'a jamais vu.

— Si on ne l'a jamais vu, comment sait-on que c'est lui ?

— Il est vrai que certains d'entre nous remettent en cause son existence !

— Tu veux dire qu'on n'est pas sûr qu'il existe ?

— Je veux dire qu'il y a des choses qui nous dépassent auxquelles on ne trouve pas d'explication rationnelle.

— Il n'existe pas pour de vrai ?

— Non, ça ne veut pas dire qu'il n'existe pas, vois par toi-même, regarde tous ces nouveaux *Red Cells* qui viennent d'on ne sait où, juste au moment où on en a le plus besoin ! Comment pourrait-on expliquer ce phénomène ? Il y a forcément quelqu'un à l'origine de tout ceci !

— Mais puisque personne ne l'a jamais vu, Goda est l'être invisible censé donner une explication à tout phénomène inexpliqué ? C'est ça ?

— Oui, tu as tout compris.

— Ça me paraît très bizarre tout ça, est-ce vraiment Goda qui a fait venir tous ces nouveaux *Red Cells* ? Il doit y avoir une autre explication !

Hémo était bien résolu, encore une fois, à trouver une réponse rationnelle, ces questions lui trottaient dans la tête mais il y avait plus urgent à faire.

— Allez, on se remet au boulot ! dit-il à son ami Red2, décidé à faire le point là-dessus dès qu'il en aurait le temps.

11. Les secours

« Reconnaître et détruire », c'est leur mot d'ordre.

D'après ce qu'Hémo avait appris à l'école, la planète Human était parfaitement organisée. Elle possédait un système de défense inébranlable et infaillible chargé de reconnaître toute forme de maladie ou « d'agent malveillant » qui lui serait nocif.

« Reconnaître et détruire », c'est leur mot d'ordre.

Dès l'arrivée des nouveaux *Red Cells*, tout un contingent d'agents d'identification et de défense internationale se mit en alerte et s'organisa pour identifier un par un tous les intrus ! Le système comprenait des patrouilles de soldats qui ratissaient jour et nuit tous les recoins de la planète, désignées sous les noms de Lymphocytes T et de Lymphocytes B. Bien qu'elles eussent presque le même nom, elles ne faisaient pas le même travail. Elles avaient un territoire attribué appelé Système Lymphatique, des millions de kilomètres de tunnels dans lesquels elles circulaient en toute discrétion et transportaient leurs prisonniers ou des individus suspects détectés. Les êtres maléfiques étaient en général faits prisonniers dans des petits villages éparpillés un peu partout, les Ganglions Lymphatiques.

Amygdales Islands, Rate Land et Thymus Land participaient activement à ce système de surveillance et de désinfection de la planète Human. Rate Land était le pays où les *Red Cells* effectuaient la visite médicale régulière leur permettant d'obtenir le certificat d'aptitude à poursuivre leur activité. Malades, blessés, ou tout simplement trop vieux, c'est ici qu'ils étaient accueillis. C'est là qu'étaient enterrés les ancêtres d'Hémo. Thymus Land était le pays où l'on envoyait les Lymphocytes T pour qu'ils étudient de nouvelles disciplines qui n'avaient pas été enseignées à l'école de Moelle Osseuse. Sur Amygdales Islands, on participait activement à la recherche d'intrus nocifs à la société et on déclenchait l'alerte générale en cas de besoin. Ce superbe système de défense planétaire était structuré de la manière suivante : chaque être sur Human possédait un code génétique spécifique lui servant de carte d'identité (HLA ou *Human Leucocytes Antigens*) lui permettant à tout instant de se faire reconnaître par les agents de défense, les Lymphocytes ; tous les individus en possession d'armement nocif étaient appréhendés. À chaque arme correspondait un code spécifique appelé « antigène » auquel correspondait un anticorps, moyen de défense adapté. Si l'arme était inconnue, elle était étudiée et donnait lieu à la fabrication d'un nouvel anticorps.

Les Lymphocytes travaillaient main dans la main avec les Granulocytes. Ils intervenaient dans les processus de reconnaissance et de destruction des agents destructeurs de la société. Ils avaient la capacité de garder en mémoire les différents antigènes et les anticorps correspondants, ce qui en faisait une force d'intervention rapide et d'une redoutable efficacité. C'était un dispositif très élaboré empêchant toute attaque massive provenant d'individus malintentionnés. Ces Lymphocytes possédaient aussi la capacité de s'autocontrôler et d'éliminer, si nécessaire, leurs semblables.

La présence des nouveaux *Red Cells* avait attisé la curiosité du système de défense lymphatique, qui dépêcha des millions de Lymphocytes auprès de chacun d'eux pour contrôler leur identité et connaître leurs réelles intentions. Mais ils ne portaient aucune arme nocive sur eux. Ils ne présentaient donc aucun danger pour le moment, surtout qu'ils faisaient tout leur possible pour aider la planète à se ressourcer en oxygène.

Hémo et Red2 croisèrent Grem qui avait l'air exténué. Il les regardait à peine, c'était bien la première fois que les trois garçons se rencontraient sans que Grem ne fasse une remarque déplacée.

— Où vas-tu, Grem ? demanda Hémo.

— Où crois-tu que je vais, gros malin ? répondit Grem sèchement.

— Eh bien, il y a des êtres qui ne changeront jamais ! murmura Hémo.

Ils se croisèrent et chacun repartit dans une direction différente.

Des bourrasques et des glissements de terrain détruisaient les routes et déchiraient les chaussées. Les Plaquettes se sacrifiaient à tour de rôle en se jetant dans les crevasses et les fissures pour colmater les brèches. Elles étaient les plus braves et leur sens du sacrifice illimité les faisait respecter de tous.

Hémo croisa d'autres *Red Cells* chargés en CO_2.

— Hey, les gars ! Des nouvelles ? demanda Hémo. D'où est-ce que vous venez ?

— De Tibia Land, ce n'est pas joli à voir, il y a eu plein d'explosions à différents endroits du pays et beaucoup d'habitants y ont laissé la vie. L'aide internationale s'est rapidement organisée pour envoyer des renforts sur place. C'est dingue, on a l'impression que le monde est en train de tomber en morceaux ! Vous avez vu les nouveaux *Red Cells* ? dit-il en montrant les individus qui arrivaient à leur niveau.

— Hey ! Comment ça va ? leur lança Hémo.

L'un d'eux se retourna et répondit « *Tchi migie, hitchy nemifahmam* », puis reprit sa route.

— Ils nous ressemblent et pourtant je n'arrive pas à communiquer avec eux, dit Hémo.

— Ce sont de très bons pilotes et ils font un travail superbe, mais je n'ai aucune idée d'où ils peuvent venir.

— Je ne crois pas, non ! répondit un vieux *Red Cell* qui se trouvait avec eux. À mon avis, ils doivent venir d'ailleurs, ce n'est pas normal qu'autant d'êtres puissent apparaître d'un seul coup, pour moi ce sont des extra-humans !

— Tu as peut-être raison, lui fit remarquer un autre *Red Cell*, un de mes copains m'a raconté qu'il se trouvait au niveau de Main Land et, en remontant depuis Pouce City au niveau de Coude Méridien, il a vu soudain ces derniers surgir en masse ! Il m'a dit que c'était inouï, il n'avait jamais vu ça auparavant. Une invasion qu'il disait, ils arrivaient à grande vitesse, il a été emporté avec eux jusqu'à Cœur Land.

— Il n'y a pas de pays de formation de *Red Cells* ni d'école à cet endroit du monde à ce que je sache ! lança Hémo.

— Exactement, alors comment expliquer qu'ils débarquent comme ça de nulle part ? Et le plus drôle – enfin drôle n'est peut-être pas le terme exact – mais le plus surprenant, c'est qu'il semble y en avoir de tous âges ! D'habitude, nos formations entrent dans la vie active par générations, eux sont arrivés d'un seul coup avec des individus de tous âges !

— Effectivement, ça a l'air complètement incompréhensible, mais l'important, c'est qu'ils nous aident à remettre de l'ordre dans tout ce chaos.

— Oui, mais après, ils vont nous prendre notre place et nous dépouiller ?

— Non, nous avons besoin de ces nouveaux *Red Cells*, ils font un boulot génial ! Attendons et essayons de les connaître mieux. Ne les perturbons pas, déjà qu'ils sont harcelés par les Lymphocytes qui sont sur les nerfs, ce n'est certainement pas le moment d'en rajouter.

Ils arrivèrent au niveau d'une formation de Plaquettes qui réparaient une voie de communication en colmatant les fissures produites lors des récents tremblements de terre.

— Merci les gars, continuez le bon boulot ! cria Hémo. Vous n'avez besoin de rien ?

— Non, ça va aller, répondit leur chef.

Les Plaquettes étaient des êtres plus petits que les *Red Cells* et il faut dire que leur rôle n'était pas si facile que ça ! À chaque fois qu'un désastre entraînait la perte de *Red Cells*, les Plaquettes intervenaient et commençaient à tisser entre elles des sortes de filets de pêche pour édifier un mur ou colmater les brèches causées par un tremblement ou un éboulement de terrain. C'était les anges gardiens des *Red Cells* et ils le leur rendaient bien en leur apportant autant d'oxygène et d'aide qu'ils le pouvaient.

Les autres formations de Granulocytes étaient aussi sur les lieux pour ramasser les blessés, les morts et nettoyer les voies d'accès aux quatre coins du monde. Les Granulocytes constitués des Monocytes et des Macrophages étaient de grands individus très costauds qui ne faisaient que nettoyer et avaler tout ce qui traînait ; ils passaient leur temps à nettoyer tous les recoins de la planète et rendaient la vie plus facile à tout le monde. Hémo les connaissait bien, ils avaient une drôle de tête et étaient très impressionnants, d'ailleurs il avait peur d'être avalé à chaque fois qu'il passait à côté de l'un de ces Macrophages. Mais ils étaient si gentils et en plus, ils aidaient à vacciner la population contre toute forme de nouvelle maladie.

« Non, pas par là ! » s'écria soudain un agent de la circulation. « C'est dangereux, la voie la plus sûre vers Foie Land, c'est par ici ! »

Hémo et Red2 se pressèrent d'apporter leur oxygène aux Hépatocytes qui commençaient à être très faibles et suppliaient qu'on les débarrasse de leurs déchets. Ils leur donnèrent leurs réserves d'oxygène, se chargèrent avec autant de CO_2 qu'ils le purent avant de repartir.

« Tenez bon ! On revient aussi vite que possible ! » cria Hémo.

12. Il vit

Cela faisait un long moment que l'équipe chirurgicale opérait Jimmy. Il avait perdu beaucoup de sang et il avait fallu le transfuser avec dix culots globulaires, du plasma et d'autres facteurs de coagulation. La salle opératoire était maculée de rouge et il y régnait cette odeur âcre du sang.

Le chirurgien n'avait pas mis beaucoup de temps à trouver l'artère responsable du saignement au niveau du foie, mais celui-ci était un organe très fragile, friable, qui avait du mal à cicatriser. Il fallait non seulement réparer les artères lésées mais aussi nettoyer et faire attention à ne pas passer à côté d'autres blessures d'organes internes.

Le chirurgien, après avoir fini de suturer avec du fil résorbable, acheva son intervention en posant un filet hémostatique autour du foie servant à contenir le saignement et à accélérer la coagulation. Après avoir vérifié tous les autres organes, lavé et nettoyé l'intérieur de l'abdomen à plusieurs reprises, il finit par refermer le ventre en posant trois gros drains qu'il fit passer à travers la peau afin de les brancher à des sacs de drainage suspendus. Les drains permettaient d'évacuer toute forme de sécrétion et de suivre l'évolution de la cicatrisation des organes internes. Le chirurgien referma les plans profonds musculaires un par un, agrafa la peau, y posa un pansement stérile pour la protéger contre les germes.

— Voilà, j'ai fait de mon mieux, espérons que ça suffise, dit le chirurgien en enlevant son masque. Il a une bonne tension et il reste stable pour le moment, la saturation est montée à 98 %.

— Espérons que ça continue, répondit automatiquement l'anesthésiste.

Jimmy fut transporté à la radiologie en état d'inconscience, intubé et ventilé sous le respirateur, pour un examen complet au scanner du corps entier et du crâne, ainsi que des radios de sa structure osseuse, du thorax, du rachis entier, du bassin et des membres, afin d'éviter de passer à côté de lésions associées.

— Maman, ça va faire plus de trois heures maintenant qu'il est au bloc opératoire. Qu'est-ce qu'ils peuvent bien faire là-dedans ? Ça doit être encore plus grave qu'on nous l'a annoncé !

La maman de Jimmy et sa sœur avaient été contactées par la police lors de l'accident et depuis attendaient à quelques pas du bloc opératoire.
— T'inquiète pas, ma chérie, ça va aller, répondit la maman de Jimmy en essayant de se contenir et de ne montrer aucun signe de faiblesse ni d'anxiété.

Les deux grandes portes d'accès au bloc s'entrouvrirent si-multanément et le chirurgien se dirigea sans se poser de question vers la famille.
— Vous êtes la mère de Jimmy ?
— Oui docteur, comment va mon fils ?
— Eh bien, il a eu plusieurs contusions, qui ont endommagé son foie, provoquant une hémorragie interne. Le médecin du SAMU et son équipe ainsi que les pompiers ont fait un excel-lent travail en le stabilisant et en nous le ramenant aussi vite qu'ils ont pu. Il faut dire qu'il était pris entre les tôles de la voi-ture et qu'il a fallu le désincarcérer.
— Je sais, dit la maman.

— On a dû ouvrir son ventre pour stopper l'hémorragie et le colmater. Il a beaucoup saigné pendant l'intervention et a dû recevoir beaucoup de sang.

La sœur de Jimmy était dans un coin et ne put s'empêcher de sangloter, mais elle restait attentive à tout ce que le chirurgien disait.

— Il présente, de plus, une fracture à la jambe et certainement des fractures aux côtes dues à la violence du choc ; il est actuellement en radiologie pour un examen global et pour vérifier, entre autres, son squelette en entier et ne rien laisser échapper. Pour l'instant il est stable et il sera transporté en réanimation chirurgicale au deuxième étage.

— Est-ce qu'il va s'en sortir, docteur ? demanda d'une voix hésitante la maman.

— Écoutez, il a beaucoup saigné et a dû être intubé sur place par l'équipe du SMUR pour maintenir sa respiration. On ne sait pas encore où il en est sur le plan neurologique, mais l'important, c'est qu'il est hors de danger, que l'hémorragie soit arrêtée et qu'on puisse maintenant tranquillement faire le point et attendre la suite des événements.

— Merci docteur, merci pour tout ce que vous avez fait, merci mille fois.

— Je vous en prie, répondit-il, je n'ai fait que mon devoir.

— Merci docteur, dit d'une voix sanglotante la sœur.

Le chirurgien orthopédiste arriva à la radio pour consulter les clichés et décider s'il était nécessaire d'en faire d'autres plus spécifiques. « Non, ça va aller », dit-il à voix basse en se dirigeant vers les clichés sur le négatoscope.

Le radiologue commença à énumérer les lésions repérées.

— Le patient a une fracture en spirale du tibia gauche qu'il va falloir immobiliser et des fractures de la septième jusqu'à la dixième côte à droite qui vont guérir d'elles-mêmes ; pas de volet thoracique. Au scanner thoracique, il semble qu'il y ait une contusion pulmonaire à droite, sous-jacente aux côtes fracturées, et comme il est intubé, il vaut mieux garder un œil sur ses poumons. Par ailleurs, le scanner cérébral est normal.

— Eh bien tu diras ça au réanimateur, dit l'orthopédiste, je vais monter chercher ce qu'il faut pour faire le plâtre.

Jimmy arriva enfin en réanimation chirurgicale où il fut pris tout de suite en charge par le réanimateur et l'équipe médicale sur place, transporté sur un lit, mis sous un gros respirateur. Les pousse-seringues furent remplacées et tout le monde s'activa pour automatiquement mettre en ordre tout ce qu'il fallait pour que la prise en charge soit la plus rapide possible.

Vu l'état hémodynamique de Jimmy, le réanimateur préféra monter une voie fémorale, ce qui consistait à mettre en place une grosse voie veineuse au niveau de l'aine dans la veine fémorale, permettant de faire des bilans plus détaillés sur le fonctionnement cardiaque si nécessaire, mais également servant de voie d'accès plus sûre en cas de souci, la plupart des réanimateurs préférant cette voie pour passer certaines drogues toxiques aux petites veines périphériques.

Jimmy fut pesé, lavé et mis dans des draps propres par les infirmiers et aides-soignants. La sédation fut adaptée pour le maintenir dans un coma profond, le temps que son organisme récupère peu à peu et réponde aux traitements en cours. Toute l'équipe savait que ce genre d'opération était assez risqué, plusieurs types de complications pouvaient survenir, qui nécessitaient d'être prêt à intervenir rapidement : traiter une infection avec des antibiotiques à visée préventive pour éviter la septicémie ; remplir le secteur vasculaire et lui apporter suffisamment de sang pour garder une tension stable et permettre des échanges gazeux au niveau cellulaire entre l'oxygène et le CO_2 ; surveiller la coagulation sanguine pour éviter les thromboses et les saignements ; surveiller le fonctionnement des autres organes internes, à commencer par les reins et le foie ;

surveiller l'état neurologique, la température, la tension artérielle, la saturation…

L'être humain est formé d'un système d'organisation qui met
en communication tous ses organes, afin d'établir un équilibre
permanent appelé homéostasie. Ce système s'adapte en permanence à tout genre d'anomalie ou de stress, que ce soit physique
ou psychologique. Mais il peut parfois être dépassé par les événements et tous les moyens naturels qui sont mis à la
disposition de l'organisme humain peuvent ne pas suffire pour
rétablir l'équilibre physiologique. C'est le cas lors d'un choc
hémorragique, dans un accident de voiture par exemple. C'est
quand ces moyens naturels sont dépassés que l'intervention
médicale devient indispensable, le temps que l'organisme par-
vienne à reprendre les commandes.

13. Le réveil sous respirateur

Jimmy était réveillé mais ne pouvait ni parler, ni bouger. Il entendait les autres mais ne pouvait leur répondre. Il se souvenait...

Il était deux heures du matin. Rob sortit précipitamment de la discothèque et Jimmy le suivit, inquiet de le voir courir ; ça faisait plus de trois heures qu'ils étaient entrés dans la boîte de nuit. À l'extérieur, Jimmy regarda aux alentours et reconnut la silhouette de Rob penché en avant, sur le bas-côté.

— Hey Rob ! Qu'est-ce qui t'arrive ?

Beurk ! De nouveau un jet de vomi colora l'asphalte, puis un deuxième. Rob se releva complètement éméché en s'essuyant la bouche avec le revers de sa chemise.

— Rien, je communique avec mon estomac.

Jacky les avait suivis dehors mais semblait plutôt perdu. Jimmy se tordait de rire. Il tapa sur l'épaule de Jacky pour qu'il regarde de ce côté-ci, le spectacle était trop hilarant. Jacky se tourna et à la vue de Rob, il se mit aussitôt à vomir lui aussi. Un gros jet se dispersa dans l'air et la moitié vint finir sur le pantalon de Jimmy.

— Oh, merde ! Faites chier ! cria-t-il en reculant, tu fais vraiment chier Jacky, ce n'est pas drôle ! Regarde où tu dégueules, bordel !

Jacky, dans un élan d'excuses, tenta de se ressaisir et marmonna, la bouche dégoulinante :

— Je suis désolé, Jimmy.

Puis il repartit aussitôt vers l'avant. Un deuxième jet de vomi !

— Oh ! Vous êtes écœurants tous les deux, à chaque fois c'est la même chose, vous ne pouvez pas vous contrôler, il faut que vous vidiez le bar !

Jacky se releva et regarda en direction de Rob en s'essuyant avec le revers de sa main droite. Tous les deux se tordirent de rire au même moment, en regardant dans la direction de Jimmy.

— C'est toi qui te foutais de moi tout à l'heure ! lui lança Rob. Regarde dans quel état t'es, mon vieux !

Il avait du mal à respirer tellement il rigolait. Tout d'un coup, il sentit un nouveau spasme à l'estomac. Il courut vers le trottoir pour vomir à nouveau.

— Bon, je pense qu'il est temps qu'on rentre, vous n'êtes ni l'un ni l'autre en état de continuer.

—- Arrête tes conneries, ça va aller, on vient juste d'arriver.

— Ça va faire plus de quatre heures que vous êtes là tous les deux, je pense que vous avez assez donné. Il est temps de rentrer vous coucher et comme vous n'êtes ni l'un ni l'autre en état ce soir, il est hors de question que je vous laisse conduire.

— Non ça va aller, répondit Jacky d'une voix presque inaudible.

— Tu rigoles, tu t'es pas vu, mon vieux, on dirait que t'es tombé dans un sac-poubelle !

Les deux copains se regardèrent et baissèrent la tête en signe d'approbation. Après tout, il y aurait d'autres nuits pour s'amuser ! Jimmy les accompagna jusqu'à sa voiture.

— Je vous assure, ça ne m'arrange pas de vous ramener vu que vous schlinguez tous les deux comme la peste, mais faut que je me sacrifie, comme d'habitude…

Il ouvrit la porte de sa voiture et Rob y plongea sans poser de question.

— Putain ! dit Jimmy. Je n'ai jamais vu personne boire autant que des étudiants en médecine, c'est vraiment le monde à l'envers ! Vous voulez attraper une cirrhose pour pouvoir soigner vos patients plus tard ?

Jacky se tourna et répliqua un gros :

— Hein ?

— Rien, rien, allez monte dans la voiture, je vais chercher Sophie…

Bip, Bip, Bip. Tous les appareils qui surveillaient l'état hémodynamique de Jimmy ainsi que le respirateur sonnèrent. L'infirmière arriva aussitôt dans la chambre, le respirateur sifflait, Jimmy semblait agité, il toussait et se débattait dans le lit. Elle appela le médecin qui se trouvait à quelques pas.

— Il est réveillé ! cria l'infirmière en lui tenant les bras pour qu'il n'arrache pas son tube.

— Fais-moi un bolus de 5 mg d'Hypnovel, dit le médecin à la deuxième infirmière qui rentrait dans la chambre, et augmente la dose à 7 mg par heure.

— Tu veux que j'augmente la morphine ? demanda l'infirmière.

— Non, pas pour l'instant, on va juste le sédater un peu plus.

Jimmy semblait maintenant se détendre, ses bras s'arrêtaient de bouger et sa respiration devenait plus calme.

« Sophie, Sophie, Sophie… » pensa-t-il avant de retomber à nouveau dans le coma artificiel.

14. Début de sepsie

Soudain, Hémo et Red2 constatèrent que le nombre de Granulocytes avait augmenté considérablement dans la circulation ! Les Polynucléaires et les Macrophages débouchaient de chaque coin de rue et semblaient se préparer pour une rude bataille. Hémo se confia à Red2 :

— Je crois que quelque chose ne tourne pas rond ! Il y a plus de Granulocytes que d'habitude ! C'est louche, quelque chose se prépare.

— C'est vrai, tu as raison. C'est louche de voir autant de soldats dans les rues, on dirait vraiment qu'une menace se prépare !

— Comme si on n'avait pas assez de problèmes avec tout ce qu'on vient de vivre ces derniers temps ! Tu sais, Red2, c'est normal qu'il y ait des épidémies et des maladies après des catastrophes naturelles, j'espère seulement que ce n'est pas ça, ce n'est pas le moment !

— Généralement, ce genre de démonstration de force se fait localement mais pas de manière si étendue !

— J'ai comme un mauvais pressentiment, dit Hémo, il va falloir qu'on soit vigilants. Qu'est-ce qui peut être si grave pour qu'il y ait autant d'agitation ?

— Qu'est-ce que c'est que ça ? cria soudain Red2 en se réfugiant contre Hémo, terrorisé.

— Attends, il n'y en a pas qu'un seul ! s'exclama Hémo, il y en a plein d'autres !

De toutes parts arrivaient des monstres hideux, grands et longilignes, dotés d'une longue queue leur permettant de se propulser en avant, avec des tentacules sur tout le corps. Ceci déclencha l'arrivée des Monocytes, qui se transformèrent brusquement en de gigantesques Macrophages, avec d'énormes tentacules. Aussitôt métamorphosés, ils se saisirent des monstres et les écrasèrent pour les avaler. Habituellement, ces Granulocytes passaient leur temps à nettoyer l'environnement de tous les débris provenant de la mort des cellules ou des déchets de consommation et autres.

— Ne faites aucun bruit et reculez doucement, chuchota le chef de la patrouille de Granulocytes.

— Mais c'est quoi, ces choses ? demanda à voix basse Hémo.

— Ce sont des barbares. Les Bactérias sont très toxiques quand ils se multiplient. Je les connais bien. Depuis les derniers cataclysmes, nos effectifs sont insuffisants pour gérer tous les problèmes. Ceux-là en ont profité pour se multiplier et nous envahir. Ils déversent des produits toxiques dans l'environnement, causant des dégâts entraînant des réactions en chaîne qui risquent de déséquilibrer toute la planète.

— Vous deux, dit le chef en s'adressant à Hémo et Red2, circulez et dites à tous les *Red Cells* qu'il y a pénurie d'oxygène, tout le monde doit se préparer. Je croyais ne jamais avoir à le dire, mais la guerre est là et nous allons devoir nous battre de toutes nos forces. Allez, dépêchez-vous !

Pendant que les deux compères s'éloignaient, le chef donna l'ordre de formation en rang et lança l'attaque. Des milliers de Granulocytes se jetèrent sur les monstres dans un combat à mort. « Pas de survivant ! » cria l'un des Macrophages, et tout le monde répéta : « Pas de survivant ! ».

Les Macrophages et les Lymphocytes formaient les premières lignes de défense. Les Bactérias déversaient leur contenu dans la circulation dès qu'elles voyaient arriver les Macrophages.

C'était comme de l'acide perforant spontanément toute surface en contact et entraînant des dégâts immédiats.

Les Macrophages avalaient et digéraient autant de Bactérias que possible. Ils analysaient leur contenu pour identifier leur armement et transmettre l'information aux Lymphocytes. Ceux-ci, dès réception, se transformaient en Plasmocytes qui fabriquaient aussitôt les anticorps adaptés en quantité suffisante pour décimation totale de l'ennemi. Ce processus avait prouvé son efficacité depuis la nuit des temps.

Afin de renforcer l'action des Macrophages, d'autres Lymphocytes se multipliaient et envoyaient des messages (lymphokines) destinés aux Macrophages des autres régions, pour les informer des combats et les faire venir en renfort.

Soudain, Hémo et Red2 entendirent la nouvelle : « Attention, attention, invasion de Bactérias à Poumons Islands, une demande immédiate d'aide des forces internationales est lancée pour contenir l'invasion, je répète, une demande d'aide des forces internationales est lancée pour contenir l'invasion ! »

Les Bactérias avaient déjà commencé à faire des dégâts en déversant leurs toxines. Leur capacité énorme à se multiplier rapidement laissait peu de temps aux forces alliées pour les contenir.

En cas de menace planétaire, l'approvisionnement en matières premières et en oxygène vers les pays indispensables au maintien de l'économie mondiale était assuré en priorité. La logistique était principalement assurée pour ceux qui participaient à la prise de décisions stratégiques ou qui géraient les échanges internationaux. Cerveau Land était le centre de gouvernance et de prise de décisions. Toutes les informations y convergeaient et permettaient ainsi les prises de décisions idoines. Cœur Land disposait de gigantesques digues qui s'ouvraient et se fermaient sur un rythme régulier, provoquant les vagues successives à l'origine de toute forme de circulation, indispensables au ravitaillement et au commerce entre tous les pays.

Tous les réseaux de communication et de circulation étaient sous forme de pipe-lines infinis, cylindriques et de calibre variable.

Les *Red Cells* pilotaient grâce à ces ondulations successives qui les propulsaient d'un endroit de la planète à un autre, et il suffisait de monter sur la bonne vague pour aller plus vite.

Foie Land était l'un des pays les plus productifs et puissants du monde Human, et le fait qu'il soit endommagé mettait en cause tout l'équilibre de la planète ainsi que la stabilité économique et l'approvisionnement dans la plupart des ressources énergétiques. Il représentait à lui seul un quart de la production de sucre, produit indispensable pour tous les pays. Il était composé de plusieurs communautés, dont 80 % d'Hépatocytes. D'autres ethnies vivaient et travaillaient en parfaite harmonie avec elles pour assurer les principales fonctions de Foie Land : la synthèse du sucre et son stockage (en cas de famine dans le monde, c'était cette réserve qui était redistribuée en premier) ; la synthèse et mise en réserve des matières grasses ; la synthèse des briques, des filaments solides et du ciment appelés « facteurs de coagulation » permettant aux Plaquettes de colmater tout type de brèche et de réparer les désastres divers partout dans le monde.

Foie Land était aussi un centre important de retraite pour les *Red Cells* et les Granulocytes. Il s'occupait également du traitement des déchets et de leur recyclage. Il possédait l'un des plus importants gisements de fer, de cuivre et autres minerais indispensables à la planète, et en particulier à la fabrication de l'uniforme des *Red Cells*.

15. Le choc sepsie

Cela faisait vingt jours que Jimmy était arrivé en réanimation. Il n'était pas encore tiré d'affaire. Son organisme tentait désespérément de trouver les ressources nécessaires à sa remise en marche. Il traversa plusieurs épisodes fébriles avec agitation et fut pris aussitôt en charge. Ces phases-là ne sont jamais bonnes, il y a toujours des complications, toujours !

Sa maman et sa sœur se relayaient sans cesse à ses côtés, les horaires de visite étaient stricts en réanimation, mais elles s'arrangeaient toujours pour qu'un membre de la famille soit présent. Elles n'arrêtaient pas de prier. C'est étrange, plus on s'approche de la mort et plus on a de facilités à croire à une force supérieure. C'est quand on n'a plus aucun contrôle sur sa propre destinée ou sur celle de l'un de ses proches qu'on se tourne systématiquement vers un dieu ou une force suprême, à qui l'on demande de l'aide !

— La température est bien de 40 degrés, confirme l'infirmière.

— Vous avez envoyé les hémocultures et la numération sanguine ? demanda le réanimateur.

— Oui, c'est fait.

— Quelqu'un pourrait téléphoner pour avoir les premiers résultats ? Je tiens à les avoir au plus tôt.

Jimmy avait de plus en plus de mal à respirer, sa tension continuait à chuter à 80/45, ainsi que la saturation à 92 % avec un pouls à 135, de légères marbrures étaient apparues sur ses jambes, ce qui n'était jamais bon signe ! Cela signifiait qu'il y avait un manque d'irrigation sanguine et une souffrance tissulaire due à une mauvaise circulation générale. Il était maintenant clair pour le médecin que la circulation sanguine ne se faisait pas bien et qu'il y avait un ralentissement dans la délivrance de l'oxygène et de toutes les autres sources d'énergie indispensables aux fonctions vitales.

— Il a été rempli de combien jusqu'ici ? demanda le réanimateur.

— Ça va faire deux litres au total, répondit l'infirmière.

Le remplissage par du sérum physiologique ou des macromolécules permettait de passer un cap, de faire remonter la tension artérielle et d'améliorer la circulation générale.

— Donne-lui de la Noradrénaline 1 mg/h à la seringue électrique et aussi quatre grammes de Piperacillin/Tazobactam[11] en intraveineuse, dit le réanimateur à l'infirmière.

Il se tourna vers l'interne :

— Appelle la radio pour qu'ils viennent faire un cliché du thorax et fais-lui une gazométrie.

Il régla le respirateur en attendant d'avoir les résultats des examens demandés. Il savait qu'il devait être très, très vigilant et qu'à ce stade de l'évolution, tout pouvait aller très vite, l'état de Jimmy pouvait se dégrader en un rien de temps.

L'infirmière revint avec les résultats : 25 000/mm^3 globules blancs (les globules blancs sont les cellules qui se battent contre les infections, ce sont nos soldats à nous, normalement leur nombre est inférieur à 9 000/mm^3).

Jimmy était mal en point, il avait déjà échappé à l'accident, il fallait qu'il se batte, il n'avait que vingt-quatre ans, il avait toute la vie devant lui, il fallait qu'il soit fort. Sa maman lui tenait la main, l'activité de l'équipe médicale autour du lit de son fils l'inquiétait :

— Ça va, docteur ? demanda-t-elle au réanimateur.

---

[11] Antibiotiques.

— Pour vous dire la vérité, nous craignons une surinfection et je vais vous demander de sortir pour qu'on puisse donner les meilleurs soins à votre fils.

— Mais je ne comprends pas, il allait bien ce matin…

— Oui, je comprends votre inquiétude et j'aimerais pouvoir vous rassurer, mais pour le moment je n'ai pas assez d'informations, j'ai demandé des examens complémentaires et dès que j'en saurai plus, je vous promets que je viendrai aussitôt vous en informer.

— Merci docteur, je compte sur vous pour prendre soin de mon fils, merci encore.

Elle embrassa Jimmy sur le front, les larmes aux yeux, lui serra la main pour lui transférer toute sa force et son énergie, puis elle quitta la chambre un peu contre son gré.

16. Le monstre

— Red2, dit Hémo, écoute, il va falloir qu'on se sépare pour répandre la nouvelle de l'invasion des Bactérias.

— O.K., dit Red2.

Arrivés à l'aorte, les deux amis se séparèrent, Hémo se dirigea vers le sud-est tandis que Red2 disparut en direction du sud-ouest.

— On se retrouvera, ne t'inquiète pas ! lui lança Hémo.

En rapportant un peu partout la nouvelle, Hémo constata que la menace s'était largement répandue sur toute la planète et que des batailles étaient engagées partout où il passait. Apparemment, la menace avait été plus rapide à se répandre que lui et pourtant il était un des pilotes les plus véloces.

Il alla d'un pays à l'autre aussi vite qu'il le put et essaya d'alerter tout le monde. Il y avait de plus en plus de trous partout, les toxiques libérés par les Bactérias étaient en train de détruire les différentes structures.

Hémo se sentit ralentir, ainsi que tous les autres individus en transit, la circulation devenait plus lente, tout était plus lourd. L'ordre avait été lancé d'élargir toutes les routes et les petites voies de circulation pour faciliter l'accès aux agents prioritaires, afin qu'ils puissent arriver au plus vite sur les lieux.

Poumons Islands, Reins Islands, Foie Land, Cerveau Land ainsi que tous les autres pays commençaient à manquer d'oxygène et leur population en ressentait de plus en plus les effets. C'était un chaos incroyable, le monde était en déficit de tout, à commencer par l'oxygène, les matières premières ; de plus, toutes les usines travaillaient au ralenti. Les centres de traitement des déchets débordés n'arrivaient plus à gérer le surplus. Les Plaquettes étaient mises en alerte et essayaient de colmater les trous provoqués par les Bactérias. Il faut dire que depuis un bon bout de temps, elles étaient déjà en sous-effectif et la situation devenait très critique. Mais elles continuaient vaillamment à se sacrifier pour réparer les routes et maintenir les moyens d'échange et de circulation. La panique générale provoquait des bouchons un peu partout dans le monde, entraînant un arrêt de la circulation.

Les *Red Cells* avaient un corps souple capable de se tordre dans tous les sens. La mission d'Hémo était d'aller dans les endroits les moins accessibles pour apporter son aide.

Les routes s'élargissaient dans les zones près de Cerveau Land, Cœur Land et Poumons Islands, pour se rétrécir autour de Reins Islands, Muscles Monts, Estomac, Intestins... Le flux d'approvisionnement se réduisait dans ces zones de la planète, les condamnant à un risque d'asphyxie, mais il n'y avait pas d'autre choix, c'était le seul moyen de pallier cette catastrophe.

Poumons Islands, les deux pays fournisseurs d'oxygène, commençaient à être inondés par un tsunami, les barrages construits pour maîtriser la crue commençaient à céder suite à la sécrétion des agents toxiques par les Bactérias. Les alvéoles, zones de fabrication de l'oxygène et de capture du CO_2, se trouvaient ainsi endommagées, inondées, et envahies par une accumulation de Plaquettes ainsi que de Macrophages.

Les habitants de Poumons Islands, les Pneumocytes I et les Pneumocytes II, étaient dans un état pitoyable et attendaient que l'aide internationale se manifeste. Le pays étant dévasté, cette dernière était fortement paralysée, ce qui rajoutait au chaos général.

Le début d'inondation de Poumons Islands entraîna une diminution de l'approvisionnement en oxygène, ce qui devint un vrai problème planétaire qu'il fallut résoudre au plus vite. La population mondiale était de plus en plus fébrile et inquiète de la situation. Elle ne pouvait compter que sur elle-même, l'entraide était la seule et unique solution. La situation échappait à tout contrôle, la fin du monde semblait plus proche que jamais !

Hémo avait du mal à avancer, tout semblait s'assombrir autour de lui mais ce n'était pas le moment d'abandonner. Il ne voulait pas abandonner, il ne pouvait pas abandonner, il devait continuer à se battre, l'avenir du monde en dépendait. Les Bactérias étaient partout, il y avait une guerre mondiale et personne, personne ne savait si la planète s'en remettrait ! Le seul espoir restait l'union et la détermination de chacun des acteurs de ce monde.

« Chacun pour le monde et le monde pour chacun ! » cria Hémo en s'élançant de toutes ses forces. « Ce n'est pas le moment de traîner, tant qu'il y a de la vie, il y a de l'espoir ! »

17. Jimmy

Le bilan sanguin arriva. La gazométrie montrait un déficit d'oxygénation du sang, ce qui expliquait un manque de transporteurs, à savoir les globules rouges et les dégâts provoqués par les bactéries. On notait une augmentation de dioxyde de carbone due également à un manque d'élimination des déchets, le milieu devenait de plus en plus acide, ce qui entraînait une cascade d'événements délétères, à commencer par des risques de saignements et de troubles de la coagulation.

« Tout ceci n'est pas de bon augure », se dit le médecin.

La radio du thorax montrait une opacification des deux champs pulmonaires malgré une fonction cardiaque préservée à l'échographie, ce qui pouvait être un signe direct de diminution des échanges gazeux à ces niveaux. Une diminution de la saturation du sang artériel malgré une oxygénation sous respirateur montrait une entrée en phase de détresse respiratoire aiguë. Ce syndrome était très dangereux et devait être traité avec le maximum de précautions. Chaque minute de traitement comptait et devait être adaptée pour aider l'organisme de Jimmy à se rétablir.

Le réanimateur savait que la vie de Jimmy était en danger. Il savait également que l'infection des poumons avait entraîné une désorganisation des membranes alvéolo-capillaires qui avaient été infiltrées par des éléments sanguins et inflammatoires, mettant en péril tout le système d'échanges gazeux.

Le réanimateur régula le respirateur à 60 % d'oxygène, avec un apport de volume courant de 6 ml/kg, une fréquence respiratoire à 25 insufflations par minute pour faciliter les échanges gazeux. Il rajouta une pression expiatoire positive[12] à 12 mmHg. Il diminua le remplissage vasculaire pour réduire au maximum l'inondation des poumons qui étaient déjà surchargés en liquide, et continua avec de la noradrénaline pour maintenir la tension artérielle et stimuler la réparation des membranes alvéolo-capillaires. Une association d'antibiotiques à large spectre fut prescrite, visant surtout les germes de provenance digestive pour remédier à toute forme d'infection bactérienne.

Jimmy était sous étroite surveillance, tous les moyens étaient en place pour combattre l'infection, mais maintenant c'était à lui de se battre pour s'en sortir.

« Allez, Jimmy ! Tiens bon ! » dit le réanimateur, « Tiens bon ! »

---

[12] C'est une pression ajoutée sur le respirateur qui permet d'un côté de garder les alvéoles ouvertes un peu plus longtemps en fin d'expiration et de l'autre de maintenir les échanges gazeux en augmentant le recrutement des alvéoles affaissés.

18. Terroristes

Hémo n'y comprenait plus rien ! « Qu'est-ce qui se passe ? » cria-t-il.

Les Bactérias tombaient les uns après les autres, sans intervention des Macrophages ou des Lymphocytes. C'était bizarre. Tout le monde en restait bouche bée. L'espace semblait tout entier rempli d'un produit étrange qui s'était propagé en un rien de temps. Les Bactérias, en contact avec ce dernier, étaient prises de convulsions et s'effondraient, mourant dans d'atroces souffrances. C'était incompréhensible.

Même les Granulocytes n'en revenaient pas, ils criaient victoire, les Lymphocytes et les Macrophages criaient : « Allez ! Débarrassons-nous de ces monstres une fois pour toutes ! » Ils intensifièrent les attaques sur les Bactérias fragilisées. Alors que la victoire devenait totale, les Macrophages accélérèrent le nettoyage de la circulation. Les déplacements redevinrent de plus en plus fluides.

Hémo arriva au niveau de Poumons Islands et constata que leurs habitants avaient déjà commencé à reconstruire les zones détruites. La production d'oxygène reprit malgré les travaux toujours en cours. Le climat devenait plus respirable mais tous les pays ne pouvaient pas en dire autant. Tant qu'il existait des risques de rechute, la priorité d'approvisionnement en oxygène et autres ressources était donnée à Cerveau Land et à Cœur Land...

Tout le monde s'était remis au travail, les blessés avaient été pris en charge et se remettaient lentement du choc. Hémo regardait le monde se relever de l'une des plus graves catastrophes de son histoire. Il se souvenait, comme si c'était hier, du jour où on les avait rangés dans la cour de l'école pour leur annoncer le désastre planétaire et qu'ils devaient se préparer à rentrer dans la vie active. Vingt ans, jamais un désastre n'avait duré aussi longtemps d'après les anciens !

Hémo avait traversé le monde d'est en ouest, du nord au sud, mais n'avait pas eu le temps de se poser et de discuter avec ses habitants. La seule chose qu'il avait vécue jusqu'à maintenant, c'était la peine, le chagrin, le désastre, la solidarité et le courage… Il avait rencontré des êtres exceptionnels qui avaient voué leur vie aux autres. Il avait vu des étrangers se sacrifier pour sauver des populations qu'ils ne connaissaient pas. Il avait assisté à l'invasion de la planète par des millions de Bactérias, puis à leur anéantissement en quelques mois ! Il avait vu ses semblables et collègues mourir sous ses yeux, pendant que lui continuait à vivre. Il ne comprenait pas le pourquoi de beaucoup de choses. Pourquoi il continuait à vivre tandis que d'autres étaient morts… Il ne comprenait pas tout, des milliers de questions sans réponses agitaient son esprit.

Il faut dire que ces dernières années l'avaient transformé et qu'il n'était plus le jeune homme insouciant et inexpérimenté qui avait quitté l'école en quête d'aventures. Le monde ne lui semblait plus être ce lieu parfait d'harmonie et d'équilibre qu'on lui avait décrit. Est-ce que cette harmonie existait vraiment, la verrait-il un jour ? Hémo n'abandonnait pas l'espoir de comprendre ! Il se promit qu'un jour, il prendrait le temps de déchiffrer le sens de ce monde et de son existence. Il avait la conviction au fond de lui qu'il avait un rôle à jouer dans ce monde, mais lequel ?

Il reprit ses esprits, autour de lui la planète avait énormément souffert depuis qu'il était entré dans la vie active.

« Allez, j'ai du boulot qui m'attend ! On ne sait pas de quoi demain sera fait, mais aujourd'hui je sais ce que je dois faire ! »

19. Arrêt cardiaque

L'air était devenu plus respirable. Hémo avait repris son souffle et arrivait à mieux circuler malgré les perturbations. Le monde se remettait en marche progressivement, chacun y participait avec de la bonne volonté, les uns encourageant les autres...

En remontant vers Poumons Islands, il tomba nez à nez avec Red2.

— Red2 ! Comment ça va, vieux frère ?

Les deux amis étaient heureux de se rencontrer et se jetèrent dans les bras l'un de l'autre.

— Alors, qu'est-ce que tu deviens ?

Red2, qui paraissait aussi épuisé qu'Hémo, répondit :

— C'est la catastrophe, on a du mal à passer à certains endroits, Reins Islands sont au bord de l'asphyxie et la circulation est extrêmement ralentie.

— Je sais, dit Hémo, j'ai fait le même constat. Je n'ai jamais vu autant de sacrifices, c'est incroyable, j'ai cru qu'on ne s'en sortirait jamais... Et d'un seul coup, tous ces monstres se sont désintégrés devant mes yeux, je n'en reviens toujours pas !

— Oui, je l'ai vu moi aussi, c'est incroyable ! C'est dans les moments les plus difficiles que des miracles arrivent.

— En supposant que les miracles existent, bien entendu !

— Ce qui s'est produit est la définition exacte d'un miracle, dit Red2.

— Moi, je demande à voir, tout doit pouvoir s'expliquer, je ne sais pas comment, mais un jour je trouverai un moyen d'y arriver.

Ils arrivaient à la crosse de l'aorte quand soudain la circulation s'arrêta net ! Ils furent aspirés vers l'arrière et se retrouvèrent malgré eux au niveau de l'artère principale menant à Cœur Land.

— Mais qu'est-ce qui se passe encore ? s'exclama Red2.

— Je ne sais pas, mais il me semble que la circulation est bloquée net !

— Ça ne finira donc jamais !

Encore un phénomène inexpliqué ! Toute la circulation était bloquée, pas moyen ni d'avancer ni de reculer. Le sol se mit à trembler à une cadence infernale.

— Un tremblement de terre ?

— Oui, sans doute ! répondit Hémo.

Le sol bougeait à une cadence extraordinaire. Habituellement, la planète Human vibrait en permanence sur un rythme régulier. Mais jamais elle n'avait été l'objet de telles secousses irrégulières. Cela dura quelques instants puis, d'un coup, tout s'arrêta. Plus un bruit. Plus un mouvement. Le pays semblait éteint.

« À l'aide ! À l'aide ! À l'aide ! »

Des voix se firent entendre de loin.

— Qu'est-ce que ça peut être ? se demandèrent-ils à l'unisson.

— Je pense que c'est la fin du monde, dit en tremblant Red2. Je savais que ça allait arriver un jour ou l'autre, avec toutes ces catastrophes qui s'enchaînent, il fallait s'y attendre.

— Arrête de paniquer, lui dit Hémo, c'est justement le moment de rester calme et de réfléchir.

Ils se sentaient oppressés, comme dans un étau, et ils avaient de plus en plus de mal à bouger.

« De l'aide ! Par ici, de l'aide ! »

La voix résonna dans leurs oreilles.

L'alarme se déclencha, l'infirmier se précipita dans la chambre de Jimmy. Le tracé cardiaque sur le moniteur était plat.

« Oh, merde ! » cria l'infirmier en appuyant sur le bouton qui déclencha aussitôt le code rouge d'arrêt cardiaque.

Les infirmiers et le réanimateur se précipitèrent dans la chambre. Le chariot d'urgence était prêt. Le médecin plaça la planche à masser sous Jimmy et commença le massage cardiaque. Il compta à voix basse, comme par réflexe, pour se donner le rythme :

— Un, deux, trois, quatre… Préparez-moi de l'adrénaline 10 mg dans 10 cc et balancez-en 1 mg en intraveineuse ! Allez ! On se dépêche !

Il continuait à regarder le scope et massait en même temps.

— Allez Jimmy, tu ne vas pas me lâcher maintenant, tiens bon ! On a fait le plus dur…

— Tiens, ça bouge à nouveau ! s'exclama Red2.

— Oui, mais ce n'est pas pareil, dit Hémo.

Effectivement, ils pouvaient se mouvoir à nouveau, mais sur un rythme qu'ils ne reconnaissaient pas. Ils étaient poussés en avant puis en arrière dans un mouvement de balancier.

— Maintenant qu'on peut bouger, allons voir d'où viennent ces appels au secours, dit Hémo.

— Je te suis, répondit Red2.

Cœur Land était le pays le plus bruyant de la planète et l'un des plus dangereux pour ceux qui s'y aventuraient ! Il possédait des digues immenses qui s'ouvraient et se fermaient suivant un rythme régulier qui s'adaptait aux besoins des échanges planétaires et qui produisaient un bruit assourdissant qu'on entendait dans tous le pays, même à des milliers de kilomètres. Il n'était pas rare que des *Red Cells* ou d'autres individus s'y fassent écraser, mais c'était le seul moyen de circuler dans le monde.

Mais maintenant, on n'entendait plus aucun bruit, c'était vraiment étrange ! Seuls des cris d'appel à l'aide déchiraient le silence.

Hémo et Red2 arrivèrent à proximité des cris. Un nombre incalculable de Plaquettes accolées les unes aux autres se retrouvaient écrasées sous un affaissement de terrain et la route principale était entièrement bloquée.

— Dépêchez-vous ! Nous avons besoin d'aide, cria l'une des Plaquettes en les voyant arriver, toute la partie sud du tunnel s'est écroulée et a complètement bloqué la circulation !

— C'est la voie principale de ravitaillement du pays, elle est indispensable à sa survie ! Allez chercher de l'aide au plus vite, la vie de toute la planète en dépend !

Hémo et Red2 réalisèrent l'ampleur de la catastrophe. Hémo se retourna vers Red2 :

— O.K., va chercher le plus grand nombre de *Red Cells* et ramène toute l'aide que tu peux. Demande à ceux qui ont encore leur chargement en oxygène de se diriger vers Cœur Land et dis aux autres d'aller faire le plein d'oxygène et de venir ici. Priorité absolue doit être donnée à Cœur Land ! Dis-leur que c'est une question de vie ou de mort !

— Ramène autant d'ouvriers granulocytes que tu peux pour déblayer tout ça ! cria une Plaquette, on va avoir besoin d'eux !

— Aussitôt dit aussitôt fait ! dit Red2 en se jetant dans la circulation pour accomplir la mission qui venait de lui être confiée.

Hémo avait le corps souple, son uniforme lui permettait de s'allonger ou de se tordre dans toutes les directions. Il cherchait un passage pour se faufiler. Il regarda autour de lui : c'était plus grave que ça en avait l'air, tout était bloqué. Des milliers de Plaquettes étaient prisonnières de l'éboulement, certaines avaient déjà péri et d'autres étaient sérieusement blessées. Il s'adressa aux Plaquettes qui pouvaient encore l'entendre :

— J'ai besoin que vous m'indiquiez à quel endroit le glissement de terrain est le moins important.

— Par ici ! entendit Hémo.

Le chef des Plaquettes était prisonnier sous un tas de boue et de débris.

— Par ici, nous procédions à des réparations quand soudain tout s'est écroulé de ce côté, la partie qui est la moins touchée doit se trouver par là !

Il pointa dans la direction sur sa droite.

— Merci !

Hémo se précipita vers le versant nord et poussa à travers les gravats aussi fort qu'il le put.

— Aidez-moi, les gars ! cria-t-il. Poussez de toutes vos forces vers l'autre côté pour que je puisse passer !

Bien qu'immobilisées par l'éboulement, et conformément à leur esprit de sacrifice, les Plaquettes poussaient jusqu'à l'essoufflement.

— Allez ! À trois on pousse : un, deux et trois !

— Asystolie, pas de rythme ! cria l'infirmière.

Le moniteur dessinait une ligne plate. Jimmy n'avait ni tension, ni saturation. Le médecin savait qu'il devait faire vite pour rétablir la circulation cardiaque et sauver la vie de son patient.

— Refais-moi 1 mg d'adrénaline, et il reprit le massage.

Hémo poussa de toutes ses forces. Il avançait petit à petit, son corps élastique était aplati et en forme de pointe pour mieux se faufiler. Plus il avançait et plus la pression devenait importante, son uniforme ne pourrait pas résister plus longtemps. Il avait mal partout mais n'y portait aucune attention, sa seule et unique priorité était d'avancer. Il fallait ouvrir cette voie coûte que coûte.

« La vie du monde dépend de moi et je dépends de la vie de ce monde, c'est ma devise, c'est ma force, c'est mon destin. »

Hémo n'avait pas peur, le moment était arrivé pour lui de se sacrifier, d'autres l'avaient fait auparavant. C'était maintenant où jamais ! « Si je ne réussis pas, le monde est condamné, je dois réussir, je dois réussir… », se répétait-il en poussant de toutes les forces qui restaient encore au fond de lui. « La vie de ce monde dépend de moi et je dépends de la vie de ce monde, c'est ma devise, c'est ma force, c'est mon destin. »

Red2, accompagné de nombreux autres *Red Cells* chargés en oxygène et de Granulocytes, arriva avec des équipes complètes. La circulation était chaotique, les murs du tunnel dans lequel ils se trouvaient se comprimaient et se détendaient régulièrement sous l'effet d'une force inouïe. À chaque compression, des milliers de *Red Cells* et de Granulocytes mouraient écrasés.

Red2 s'avança en direction d'Hémo lorsque survint une nouvelle compression, d'une telle intensité que Red2 se trouva écrasé. Il voulut crier de toutes ses forces pour prévenir Hémo, mais n'y parvint pas. Immobilisé, il sentit ses forces l'abandonner. Il lança un dernier regard vers le trou où devait être enfoui Hémo. Dans un dernier souffle, il expira ses derniers mots : « J'ai ramené de l'aide… ». Puis il s'écroula sans vie.

C'est à ce même moment qu'Hémo prit un dernier élan et poussa de toutes ses forces. Le passage céda sous la pression et s'écarta, le laissant passer de l'autre côté de l'éboulement.

— Hourra ! crièrent tous ceux qui étaient restés bloqués. On n'a plus de réserve d'oxygène, on a essayé de tout larguer, mais ça ne suffit pas, il faut faire vite !

— Par ici ! hurla Hémo aux secours qui venaient d'arriver, par ici !

— Dégagez-moi les côtés et agrandissez-moi le chemin, ordonna le chef des opérations à ses équipiers.

Les *Red Cells* commencèrent à passer les uns après les autres, il ne fallut pas beaucoup de temps pour élargir le chemin afin qu'ils puissent passer par centaines.

— Laissez passer les chargements de CO_2, allez, on avance ! criait Hémo avec autorité, et tout le monde suivait ses directives.

D'un coup, tout le pays se mit à trembler à nouveau.

— Attention aux affaissements ! crièrent d'une voix commune tous ceux qui se trouvaient sur le site.

— On a quelque chose, dit le réanimateur en s'arrêtant de masser, le regard sur le moniteur.

— C'est une fibrillation ventriculaire !

— Allez, on va choquer, chargez à 200 joules !

L'infirmière prit les deux palettes pour choquer, régla la charge à 200 joules et cria : « Ne touchez pas au patient ! »

Jimmy ouvrit les yeux dans une obscurité totale, il se sentait léger comme une plume, avec une sensation inédite de bien-être et de calme absolu.

« Quelle paix ! », se dit-il.

Il se sentit envahi par une lumière intense qui l'empêchait de voir, il essaya de regarder autour de lui, mais tout était d'un blanc absolu… Peu à peu, sa vision redevint claire. Il se vit flottant au-dessus d'un lit, des infirmiers et des médecins étaient en train de réanimer quelqu'un. Mais cette scène avait peu d'importante pour lui. C'était une lumière majestueuse, le mot n'était pas à la hauteur de ce qu'il voyait, il n'avait jamais vu une telle lumière, chaude, brillante et apaisante à la fois. C'était comme une symphonie douce qui apaisait son âme, il se sentit attiré vers elle, sans aucune résistance ! C'était une sensation de bien-être comme celle qu'on ressent quand on rentre chez soi après un très long voyage, quand on se sent à nouveau en sécurité, qu'il ne peut rien nous arriver. Jimmy s'abandonna à la lumière qui l'attirait à elle comme un aimant.

— Où vas-tu ? Hey ! Où vas-tu donc ? dit la voix avec insistance.

Jimmy se tourna vers la voix pour en découvrir l'origine.

— Où vas-tu comme ça ?

— Sophie ? répliqua Jimmy, surpris. Mais qu'est-ce que tu fais là ?

— Et toi, où est-ce que tu vas ?

— Là-bas, répondit sans réfléchir Jimmy, montrant du doigt la lumière.

— Non Jimmy, tu ne peux pas aller là-bas, pas encore, ce n'est pas le moment !

— Comment ça, ce n'est pas le moment ? répliqua-t-il sans comprendre.

Sophie étendit son bras en pointant son index vers le bas. Jimmy revit la même scène que tout à l'heure, des infirmiers et des médecins en train de réanimer quelqu'un.

— Regarde bien, regarde ! dit la voix.

— Oh, mon Dieu, s'écria Jimmy, réalisant que c'était lui qui se trouvait sur le lit.

Il regarda Sophie avec étonnement, sans savoir quoi dire, perdu, ne comprenant pas ce qui lui arrivait.

— Tu ne peux pas partir, continua la voix, ce n'est pas le moment, pas encore, tu as beaucoup de choses à accomplir ici-bas, et il y a ici plusieurs personnes qui comptent sur toi.

— Mais qu'est-ce que ça veut dire ? se répétait Jimmy. Qu'est-ce que tout cela veut dire ? Qu'est-ce que je fais là ? Qu'est-ce que tu fais là, Sophie ?

— Je dois partir maintenant.

Sa silhouette s'éloigna. Sur un ton calme et reposé, elle murmura :

— Prends soin de toi, Jimmy.

— Attends Sophie, où vas-tu ? Attends, qu'est-ce que tout ça signifie ? Attends…

L'infirmière vérifia si personne ne touchait le lit. Elle plaça les deux palettes de part et d'autre de la poitrine de Jimmy et cria : « Je choque ! » Le thorax de Jimmy se souleva sous l'effet du choc avant de retomber. Bip, Bip, Bip… Des complexes apparurent sur le moniteur.

— On a un rythme ! On a un rythme ! s'exclama le réanimateur, ça paraît sinusal, avec des QRS fins.

— Faites-lui un électrocardiogramme et vérifiez la tension et la saturation.

Il se redressa, tourna la tête de Jimmy vers la droite et mit ses deux doigts sur la carotide pour vérifier le pouls.

— J'ai un pouls bien frappé, dit-il, soulagé, en essuyant son front.

— Beau travail, docteur, lui dit l'infirmière.

— Faites-moi des gaz du sang et un bilan complet, je veux savoir ce qui s'est passé !

— On a une tension à 80/50 et une saturation qui revient à 90, 91, 92… Ça monte…

— On garde l'adrénaline à 0,5 mg par heure et on surveille, je vais voir la maman.

Le bruit des digues retentit dans tout le pays de Cœur Land, le mouvement régulier d'ouverture et de fermeture rythmait à nouveau la circulation. En un rien de temps, toute la galerie fut dégagée et le flux reprit. Les ouvriers nettoyaient tout ce qui entravait la circulation.

Hémo se dirigea vers les secours à la recherche de Red2, en criant avec joie : « Ça bouge à nouveau ! Ça bouge à nouveau ! Red2 ! Regarde, ça bouge à nouveau… On a réussi, on a réussi… »

Hémo cherchait son ami, tournait dans toutes les directions et reconnut sa silhouette dans un coin.

« Hey ! Regarde Red2 ! », cria-t-il en se précipitant dans sa direction, « ça bouge à nouveau, on a réussi, mon vieux ! »

Il mit la main sur l'épaule de Red2 avec un grand sourire aux lèvres, cherchant à partager sa joie. Le corps inanimé de son ami d'enfance se détacha du mur et tomba comme une pierre. Hémo n'en croyait pas ses yeux.

« Non ! Non pas toi, pas maintenant… »

Il serra son ami dans ses bras, de toutes ses forces.

« Pas maintenant, tu ne peux pas me laisser maintenant ! »

Il éclata en sanglots, continuant à parler à son ami, son frère de toujours : « On a réussi, regarde, on a réussi, tous les deux, on a réussi… Parle-moi, Red2… Je t'en supplie, réponds-moi, regarde, on a réussi, tous les deux, toi et moi, ensemble… »

Il secoua son ami de toutes ses forces, comme s'il voulait le réveiller, mais le corps désarticulé de Red2 ne réagissait pas.

« Non ! » hurla Hémo jusqu'à extinction de sa voix…

Le chef des opérations tapa sur l'épaule d'Hémo :

— Oui, fiston, vous avez réussi, je suis désolé pour votre ami… Nous sommes fiers de vous, on ne sait pas ce que ce monde serait devenu sans vous deux, merci infiniment.

Hémo n'arrivait plus à sortir un seul mot, il restait muet, continuait à serrer son ami contre lui. Un sentiment étrange venait de le traverser de part en part, la joie extrême laissant la place à une peine profonde.

— Ça n'a aucun sens ! Pourquoi ? Pourquoi rien ne dure dans ce monde ? Pourquoi doit-on souffrir ? À quoi ça sert de vivre ? Pourquoi, juste au moment où l'on croit avoir réussi, doit-on souffrir à nouveau ?

Tout était confus dans son esprit.

« Quel est le sens de tout ça ? Ça n'a aucun sens ! »

Hémo ne réalisait pas qu'il venait de sauver la planète. Comment pouvait-il vraiment le croire ? Il se demandait plutôt si la vie méritait d'être vécue, si elle servait vraiment à quelque chose. Et puis, après tout, il avait juste fait son devoir, comme n'importe qui.

— Vous êtes des héros ! crièrent un puis deux puis des milliers de Plaquettes, Granulocytes et *Red Cells* qui se trouvaient à proximité.

Des héros, des héros… Ces mots résonnaient dans les oreilles d'Hémo sans vraiment prendre de sens. Un Macrophage s'approcha :

— Je vais prendre soin de lui, dit-il.

Hémo eut du mal à laisser partir son ami. Il prit tout son temps pour lui dire au revoir, puis se dirigea vers la grande voie de circulation, ne sachant plus vraiment où aller…

« N'importe où, pourvu que ça soit loin d'ici », se dit-il.

Le réanimateur ouvrit la porte d'un pas décidé vers le box des visiteurs, où attendait la famille de Jimmy. Ça faisait un bon bout de temps que la mère et la sœur étaient sans nouvelles. Elles se levèrent aussitôt qu'elles aperçurent le médecin. Grâce à ses années d'expérience, il savait exactement comment utiliser la parole, les gestes ainsi que l'expression de son visage pour gérer ce genre de situation avec la famille.

Il avança de loin avec un léger sourire aux lèvres et un air concentré pour ne pas minimiser la fragilité de la santé de son patient. La mère de Jimmy comprit tout de suite l'expression du médecin. Les mains sur le visage, elle se laissa glisser en arrière sur sa chaise et se mit à pleurer. Des larmes de joie commencèrent à perler sur ses joues.

— Merci mon Dieu, merci, merci, merci, murmura-t-elle.

— Nous avons réussi à ramener votre fils à la vie, expliqua le médecin, il l'a échappé de peu et je dois avouer qu'on a eu beaucoup de chances, il doit avoir un ange gardien ! Son cœur s'est arrêté soudainement ; il arrive, chez des patients fragiles, qu'un caillot se forme au niveau des artères du cœur et bloque la circulation, entraînant des troubles du rythme et un arrêt cardiaque. Je ne vois pas d'autre explication plausible pour le moment, et je dois avouer que j'ignore comment cette artère s'est débouchée, comme par magie ! En tout cas, sa santé reste très fragile et il va falloir qu'on garde un œil vigilant sur lui et qu'on effectue d'autres examens jusqu'à ce qu'il passe le cap.

— Merci docteur, merci pour tout ce que vous faites, merci.

La sœur de Jimmy qui pleurait aussi dans son coin se joignit à sa mère pour remercier le médecin.

— Je vous en prie, je ne fais que mon métier.

20. Le réveil

— Hors de question dans l'état où vous êtes ! Vous tenez à peine debout, je vous ramène !

Jimmy ouvrit la porte de sa voiture et laissa monter ses deux copains complètement éméchés à l'arrière, pendant que Sophie montait à l'avant.

— Attachez vos ceintures ! cria-t-il en appuyant sur l'accélérateur et en faisant crisser les pneus pour leur faire comprendre qu'ils n'étaient pas en sécurité.

Les deux copains furent projetés en arrière et s'écroulèrent.

— Arrête tes bêtises ! lança Sophie, ils sont déjà dans un piteux état, ce n'est pas la peine d'en rajouter.

— O.K., je rigolais juste un peu, allez, attachez-vous derrière ! dit-il à ses copains.

Il roula environ trois minutes, s'arrêta au feu rouge et regarda dans le rétroviseur intérieur : les deux copains semblaient complètement endormis.

— Alors, on le fait cet enfant ? lui demanda à nouveau Sophie, voulant reprendre la conversation qu'ils avaient eue plus tôt dans la soirée.

— Il me reste encore deux ans et je suis médecin…

Le feu passa au vert, Jimmy appuya sur l'accélérateur et se tourna vers Sophie pour continuer.

— Nom de Dieu ! cria-t-il en poussant de toutes ses forces Sophie vers l'arrière sans réfléchir.

Une voiture se dirigeait vers eux à grande vitesse, elle brûla le feu rouge pour s'écraser sur eux.

On entendit crisser les pneus sur l'asphalte, puis le choc entre les deux carrosseries.

Bip ! Bip ! Bip ! Le respirateur se mit à sonner. L'infirmière rentra dans la chambre et trouva Jimmy les yeux ouverts en train de se débattre. Elle lui prit la main.

« Calmez-vous, vous êtes à l'hôpital, calmez-vous, Jimmy, tout va bien, je suis l'infirmière. Vous pouvez venir m'aider ? cria-t-elle à ses collègues. Vous avez eu un accident, vous vous en souvenez ? Vous êtes à l'hôpital. »

Jimmy voulait parler, essayait de toutes ses forces, mais n'y arrivait pas. Il avait du mal à savoir où il était, tout semblait confus, était-ce un rêve ? Pourquoi se trouvait-il là ? Il essaya de bouger mais n'y arriva pas, les trois infirmières l'ayant déjà maîtrisé sur le lit. Il était primordial de le calmer au risque qu'il arrache l'intubation qui l'aidait à respirer. En pleine confusion, il essaya encore avec plus de force.

« Calmez-vous », lui répéta l'infirmière en lui injectant un peu de sédatif, « calmez-vous ».

Jimmy se sentit partir à nouveau, son corps devint flasque et sa respiration ralentit, il se sentit partir et se relâcha complètement, ses yeux se fermèrent tout doucement.

Le médecin entra dans la chambre, vérifia les constantes, réajusta les drogues pour un réveil plus doux.

« On va pouvoir le sevrer du respirateur aujourd'hui même », dit-il !

Quelques heures plus tard, Jimmy ouvrit les yeux calmement. Le tube qui le reliait à la machine avait été retiré, maintenant il arrivait à respirer par lui-même. Il était confus, n'arrivait pas à parler, n'avait aucune sensation. C'était comme dans un de ces rêves où l'on croit être dans la réalité. Il se sentait très faible. Il regarda autour de lui. La chambre ressemblait à une chambre d'hôpital, plutôt à une chambre de soins intensifs, il le savait, il était étudiant en médecine.

« Qu'est-ce que je fais allongé là ? », se demanda-t-il.

Il y avait là des personnes qu'il ne connaissait pas, qui lui disaient bonjour et qui lui demandaient comment il se sentait. Il tourna la tête et trouva un visage familier :

— Maman ! s'exclama-t-il, mais aucun son ne sortit de sa bouche.

Il n'arrivait pas encore à parler, sa gorge lui faisait mal, comme si elle était enflée, il essaya d'avaler sa salive mais cela aussi lui faisait mal.

— Ne parle pas, lui dit sa maman avec une voix douce et rassurante, tout va bien, mon cœur. (Elle lui caressa les cheveux.) On s'est fait du mauvais sang, tu sais, mais tout va bien maintenant.

Elle sourit à nouveau. Il tenta de s'asseoir en se redressant, mais c'était difficile, ses forces semblaient l'avoir abandonné. Le simple fait de se redresser sur le lit lui paraissait impossible, il se sentait si faible. L'infirmière, sans rien lui demander, remonta le lit en position demi-assise. Il ferma lentement les yeux en geste d'appréciation, puis regarda sa mère d'un air interrogateur. Elle lui dit :

— Ça va faire presque deux mois que tu es là, tu as eu un accident de voiture, tu t'en souviens ?

La mémoire de l'accident lui revint aussitôt, il revit la voiture leur foncer dessus... Sophie ! Il voulut parler mais n'y arriva pas, ses yeux se remplirent de larmes. Il venait de réaliser ce qui s'était passé, l'accident, l'autre voiture, ses copains, Sophie, toutes les images défilaient dans sa tête.

— Une jeune fille ivre a brûlé le feu rouge et est venue percuter ta voiture, dit sa maman.

Jimmy revit les images de la voiture leur fonçant dessus. Il se vit essayant de pousser Sophie en arrière de toutes ses forces. Sophie ? Sophie ? Jimmy essaya de parler, mais aucun son ne sortit. Des larmes coulaient sur ses joues, il essaya d'attirer l'attention de sa mère pour qu'elle l'écoute... Mais elle continua :

— La police a fait faire des analyses... (Elle s'arrêta) Qu'est-ce qu'il y a ? Calme-toi, mon cœur, qu'est-ce que tu veux ?

Il lui prit la main, la regarda dans les yeux et lentement bougea ses lèvres en murmurant : « Sophie ».

Sa mère comprit ce qu'il venait de dire et, sans parler, des larmes commencèrent à couler sur ses joues. Elle détourna le regard discrètement comme si c'était trop pénible. Son fils avait assez souffert et elle ne voulait pas en rajouter, c'était trop lui demander.

Il n'y a rien de plus pénible pour une mère ou un père que de voir son enfant souffrir. Elle redoutait depuis trois mois ce moment où la dure réalité de la vie allait alourdir la peine de son fils. Il y a des moments où un simple geste suffit pour faire passer un message, où les mots sont inutiles.

« Non, non ! »

Un cri interne envahit tout son être sans que Jimmy n'émette aucun son. Les larmes coulaient à flots sur ses joues, sa mère continuait à lui parler, mais il semblait ne rien entendre, il se revoyait avec elle, en train de l'embrasser, de faire l'amour, de se quereller, de rire, de jouer, de pleurer... Il la revoyait au petit matin quand elle se levait et se souvint de son parfum, de son rire, de ses pleurs, il ne pouvait s'empêcher de pleurer, c'était comme si on venait de lui arracher la moitié de lui-même. « Sophie ! », cria-t-il encore au fond de lui en laissant tomber sa tête sur l'oreiller. Il ferma les yeux, peut-être pourrait-il échapper à cette réalité et se réveiller dans une autre !

Il se souvint du dernier repas où elle lui avait demandé de lui faire un enfant et qu'il avait refusé. Maintenant il s'en voulait, il voulait revenir en arrière, se réveiller et tout recommencer.

« Pourquoi suis-je allé à cette foutue soirée ? Pourquoi sommes-nous sortis cette nuit-là ? Je ne voulais pas sortir ce soir-là, pourquoi ? »

S'il pouvait tout recommencer à zéro, il ferait tout autrement. Il ressentit un vide, un creux énorme dans son cœur, sa moitié venait de disparaître et il était au volant, c'était de sa faute, c'était à cause de lui qu'elle était partie. Comment ne l'avait-il pas vue venir ? Pourquoi n'avait-il pas fait plus attention ? Il revit les images de l'accident encore et encore, il essaya de raisonner, de comprendre. Où avait-il pu commettre une erreur, qu'est-ce qu'il aurait pu faire différemment ? Et ses deux autres copains, étaient-ils morts eux aussi à cause de lui ? Son cerveau avait du mal à raisonner.

À cet instant précis, il lui sembla plus difficile de vivre dans cette réalité que de mourir ! Oui mourir, à quoi ça servait de vivre encore ? La vie n'avait aucun sens, elle aurait dû vivre et pas lui, se dit Jimmy. C'était elle qui avait tout compris de la vie, c'était elle qui avait trouvé sa vraie place et qui vivait chaque instant comme si c'était le dernier, c'était elle qui s'était promis de rendre ce monde meilleur et qui avait mis ses mots en actes.

« Pas elle, pas maintenant, c'est plus qu'injuste ! »

La vie, à cet instant précis, n'avait aucun sens pour Jimmy, plutôt mourir que de vivre !

21. La rencontre

Il faudrait plusieurs années pour que la planète Human reprenne le dessus.

Le bilan faisait état d'un nombre considérable de morts et de disparus, toutes les familles ou presque étaient en deuil et faisaient de leur mieux pour surmonter leur peine. Tout le monde avait conscience que la planète avait failli disparaître et les derniers événements avaient fait naître un esprit de solidarité sans précédent. Beaucoup de choses restaient à surmonter et l'aide de tous était nécessaire à la reconstruction.

Tous les pays participaient du mieux qu'ils le pouvaient à reconstruire et à remettre sur pied les zones les plus touchées : Foie land, Reins Islands et Poumons Islands. Le pire était passé et le monde était en convalescence...

Hémo était au milieu de sa vie et avait déjà compris l'importance d'une cohésion globale de tous les citoyens du monde. Il avait traversé la planète de part en part, avait vu le meilleur comme le pire, eu des moments de joie intense et de tristesse profonde qui l'avaient façonné. Depuis la perte de son ami, il vadrouillait à travers le monde en quête de nouveaux horizons.

Un jour qu'il s'aventurait un peu trop loin dans la ville de Tubulure Rénale qui n'était pas encore totalement reconstruite, dans un moment d'inattention il faillit être happé par une grosse machine qui traitait les déchets. Un vieux *Red Cell* lui fonça dessus pour le pousser et lui sauva la vie.

— Mais qu'est-ce qui te prend, bon sang ? dit Hémo.

— Tu ne sais pas qu'il ne faut pas se promener dans ces coins, tu es suicidaire ou quoi ?

— Non, j'étais curieux, je voulais savoir comment ça fonctionnait, toute cette grosse artillerie.

— Parfois, être trop curieux peut être dangereux, dit le vieux *Red Cell,* tu as de la chance que je passais par là.

Hémo regarda la grosse machinerie avaler et broyer en quelques secondes tout ce qui passait à ses côtés et s'aperçut du danger auquel il venait d'échapper.

— Merci, apparemment je ne m'étais pas rendu compte du danger. Je me présente, je m'appelle Hémo, je suis…

— Je sais qui tu es, tout le monde sait qui tu es !

— Comment ça, répondit Hémo ?

— Oui, tu es celui qui a sauvé Cœur Land et le monde d'un désastre certain…

— Quoi ? demanda Hémo, étonné.

Faut dire que ces dernières années, il n'avait pas vraiment fait attention aux autres, il voyait qu'il était bien reçu partout où il allait, mais croyait que c'était habituel.

— Je n'ai fait que mon boulot, répondit Hémo, comme par réflexe.

— Oui, oui, c'est toujours ce qu'on dit quand tout va bien ! Et quand on fait tout notre possible et que des milliers de nos frères meurent, personne ne nous traite en héros !

— Je ne comprends pas, dit Hémo, surpris.

— Ce n'est pas grave, c'est la vie, un jour tout va bien, un jour tout va mal !

— Tu sais, dit Hémo, le héros, c'est toi.

— Comment ça, c'est moi ?

— Eh bien oui, tu viens de me sauver la vie, non ?

— Mais je n'ai fait que ce que je devais faire, j'étais là, tu étais là et je t'ai…

— Eh bien oui, dit en souriant Hémo, te voilà un héros maintenant. Tu te trouvais au bon endroit au bon moment, et tu as fait ce qui te semblait juste, comme tu le disais.

Les deux *Red Cells* se regardèrent et se mirent à rire à pleine hémoglobine sans pouvoir s'arrêter.

— Je m'appelle Erythro, dit le vieux *Red Cell*.

— Enchanté, répondit Hémo.

— Ça te dirait qu'on fasse un bout de chemin ensemble ? lui demanda le vieux *Red Cell*, ça fait un long moment que je n'ai pas eu l'occasion de bavarder avec quelqu'un. Mais il faudra que tu ailles moins vite.

Hémo était content d'avoir enfin quelqu'un à qui parler et acquiesça avec un grand sourire.

— Ce sera un honneur que de partager un bout de chemin avec l'homme qui m'a sauvé la vie.

Ils se mirent en marche.

— Tu sais, Hémo, tu as appris beaucoup de choses à l'école et tu as été confronté à beaucoup de situations depuis que tu vis dans ce monde, mais il y a beaucoup de choses que tu ne sais pas !

Hémo fut intrigué par ce qu'Erythro venait de lui dire. Qu'est-ce que ce vieux *Red Cell* savait de plus que lui ? « Évidemment, il doit avoir beaucoup plus d'expérience que moi », se dit Hémo, « il a connu les années d'avant, pendant et après le chaos et y a survécu. Il a sûrement des choses intéressantes à m'apprendre ». Il se tourna vers le vieux et sourit.

— Je suis tout ouïe, lui dit-il.

— Tu vois, nous sommes, nous les *Red Cells,* des habitants privilégiés de ce monde, nous avons la chance de voyager et de rencontrer ses habitants. Nous avons la possibilité d'appréhender la complexité et l'immensité du monde qui nous entoure, certains d'entre nous ne sont même pas encore arrivés à en faire le tour, je dois dire qu'il y a des endroits que moi-même je n'ai pas encore eu l'occasion de visiter.

Ils arrivèrent à Poumons Islands et le vieux *Red Cell* dit :

— Tu vois, tu viens toujours faire tes réserves d'oxygène et rejeter ton CO_2 ici, mais sais-tu d'où vient cet oxygène ? Et où va le CO_2 ? Depuis des générations, on se pose les mêmes questions et personne n'a encore de réponse. Poumons Islands ont leur secret de fabrication qu'ils n'aiment pas partager, et en même temps leurs habitants ne connaissent rien au reste du monde puisqu'ils ne peuvent voyager comme nous. À leur échelle, ils pensent que le monde est fait pour eux et que tout tourne autour d'eux, c'est pareil pour tous les autres pays où les habitants ne peuvent sortir pour voir ce qui les entoure, ils ne peuvent avoir cette vision globale, bien qu'ils participent activement aux échanges internationaux.

Hémo voulait lui aussi participer à la conversation, il rajouta :

— Moi, je suis en admiration quand je vois toute cette diversité et je me suis toujours demandé si nous étions le seul monde qui existe, et quelle est l'origine du monde, et pourquoi nous sommes si différents.

Ils arrivèrent à Cœur Land, les digues s'ouvraient.

— Attention ! cria le vieux, il y en a qui se sont fait prendre au piège ici et qui se sont fait aplatir !

— Je sais, répondit Hémo, je l'ai déjà vu.

Les voilà à présent dans l'aorte.

— Tu vois comme c'est grand, c'est le plus gros océan de notre planète ! C'est le chemin qui mène à tous les autres pays et continents et si ces pays continuent à vivre, c'est grâce à toi.

Hémo sourit légèrement et une sensation de fierté le remplit à nouveau, sensation qu'il n'avait pas ressentie depuis des années.

— Oh ! Voilà Muscles Monts, ce sont eux qui consomment le plus d'oxygène ; jusqu'à ce jour, ça reste encore un mystère, comment ces derniers peuvent-ils consommer autant d'oxygène et pourquoi leurs besoins varient-ils autant ? Je me suis toujours demandé à quoi ils servaient ; certes ils bougent, mais en définitive, ils ne servent à rien, non ?

— Je suis d'accord, répondit Hémo. Ne t'es-tu jamais posé la question du pourquoi de tout ceci, à quoi ça sert tout ça ? Pourquoi la vie, pourquoi la mort ? demanda Hémo.

— Bien sûr, comme tout le monde. J'ai eu moi aussi plein d'amis qui sont partis avant moi en faisant bien leur boulot. On a vu le monde défaillir et presque mourir et je suis toujours là. Mais je ne vais pas faire long feu, il me reste peu de temps à vivre, je le sais, mais je sais aussi qu'après ma mort, tout ceci continuera de fonctionner sans moi et c'est comme ça. Ça a toujours été comme ça, c'est la loi de la nature. C'était comme ça avant moi et ça sera comme ça après moi et pareil pour toi. Est-ce que je suis indispensable pour faire tourner tout ceci ? Je n'en suis pas vraiment sûr, mais qui peut l'être ?

— Mais regarde, toi, d'un autre côté, sans ta présence, peut-être la planète n'existerait plus aujourd'hui ?

— Ou bien quelqu'un d'autre se serait trouvé là pour faire ce que j'ai fait ?

— Peut-être que oui, peut-être que non, répondit le vieux *Red Cell* mais ça, on ne le saura jamais.

Ils passèrent par Foie Land.

— Tu vois, eux, ce sont ceux qui travaillent le plus, ils n'arrêtent pas de faire des réserves de graisse, de sucre, d'éliminer les déchets et ils synthétisent des milliers de tonnes de molécules qui nous permettent à tous de vivre.

Ils arrivèrent à Cerveau Land.

— Ce sont eux qui tirent les ficelles, j'ai toujours entendu dire que c'étaient eux les maîtres du monde. Ils font ce qu'ils veulent, ils ont le bras long et des contacts partout.

— Comment ça ? demanda Hémo.

— Oui, il paraît qu'il y a des milliards d'individus qui prennent leurs ordres directement depuis Cerveau Land, il paraît même que nous sommes sous l'influence de leurs décisions et que nous ne le savons pas !

— Je pense que c'est un peu vrai, il y a tellement de choses étranges qui se passent pour lesquelles je n'ai aucune explication, et personne n'a pu m'en donner de satisfaisante.

— Tu te souviens des nouveaux *Red Cells* qui sont arrivés d'on ne sait où pour sauver la planète il y a quelques années ?

— Ah, oui ! Je m'en souviens, répondit Hémo.

— Eh bien, je n'ai jamais pu savoir d'où ils pouvaient venir !

— Moi non plus ! J'ai bien interrogé beaucoup de monde autour de moi, mais personne n'a su me donner une réponse claire.

— Tu vois, il y a des choses qui nous dépassent et auxquelles on ne peut répondre ; peut-être que Cerveau Land, lui, a les réponses ! Un jour, je me suis promis d'aller là-haut et de demander à parler à l'un des sages pour avoir les réponses à mes questions, mais il reste encore beaucoup de boulot un peu partout dans le monde, j'espère que je vivrai assez longtemps pour le faire, mais j'en doute maintenant ! dit Erythro.

22. La rencontre avec Sophie

— Hey ! Faut faire attention ! cria la jeune fille à l'adresse de celui qui venait de la bousculer et avait fait tomber ses papiers.

— Oh, pardon ! répliqua aussitôt le jeune homme, se penchant spontanément pour les ramasser. Laissez-moi vous aider. Je suis vraiment désolé, je suis en retard pour un cours, je suis sincèrement désolé, ce n'était pas intentionnel.

— C'est rare que des gens s'arrêtent pour aider quelqu'un de nos jours, dit-elle.

Le jeune homme releva la tête pour répondre et fut scotché par la vision de la jeune fille. C'était la première fois qu'il voyait une telle beauté... Il resta sur place, bouche bée, comme paralysé...

— Je, je, je...

Il avait du mal à mettre un mot devant l'autre, ses yeux étaient figés par la beauté du visage de la jeune fille et il ne parvenait pas à cligner de peur que l'image ne disparaisse.

— Je, je suis désolé... – Un ange passa. – Dieu que vous êtes belle, dit-il sans réfléchir, comme si les mots avaient trouvé la sortie par eux-mêmes.

Il réalisa soudain ce qu'il venait de dire, son visage devint rouge d'embarras.

— Pardon, ce n'est pas ce que je voulais dire, dit-il en reculant, croyant avoir été trop direct... – Un deuxième ange passa.

— Oh non, non ! Mon Dieu, ce n'est pas du tout ce que je voulais dire non plus, réalisant ce qu'il venait de dire à nouveau. Je ne voulais pas dire que ce n'est pas vrai, que vous n'êtes pas belle, mais que vous êtes belle et que je ne voulais pas dire que vous ne l'étiez pas…

Il s'emmêla dans ses propos, gêné, cherchant à se rattraper. Il s'arrêta de parler pour se ressaisir. Un troisième ange passa.

Leurs regards se croisèrent et ils éclatèrent de rire, avec un sourire complice. La situation amusait la jeune fille. Le jeune homme l'aida à se redresser après avoir récupéré toutes les feuilles dispersées sur le sol.

— Jimmy, je m'appelle Jimmy.

— Je suis Sophie, dit la jeune fille avec un grand sourire, trouvant la situation plutôt comique.

— Enchanté, Sophie, je suis ravi de vous être rentré dedans et d'avoir pu vous aider aujourd'hui.

Il jeta un regard sur les papiers qu'il venait de ramasser, parmi eux se trouvait une photo de Sophie avec un groupe d'enfants.

— Hey ! C'est l'association des enfants malades de mucoviscidose ! dit-il à voix haute.

Sophie, interloquée, demanda :

— Vous connaissez cette association ?

— Bien sûr, je suis étudiant en médecine et j'ai eu un patient de dix ans qui en faisait partie. Nous leur avons même rendu visite un jour avec des copains, histoire de leur remonter le moral. Tiens ! (Il pointe son index sur la photo) Là c'est François, le cerveau, là c'est Joseph, le comique et là Armand et Mat, les quatre autres, je ne les connais pas encore. Mais qu'est-ce que vous faites avec eux, vous aussi vous êtes…

— Non, non, non, répondit Sophie, je fais juste du bénévolat, j'aime m'occuper de ces enfants, je trouve ça génial et ils me le rendent bien.

— Je trouve ça très généreux de votre part, répondit Jimmy, lui adressant un grand sourire sans savoir pourquoi.

Il observa Sophie un moment sans savoir quoi dire. « Est-ce que je me lance, ou est-ce trop osé ? » se demanda-t-il.

— Ça vous dirait qu'on prenne un verre ensemble ? dit-il avec un peu d'hésitation dans la voix.

— Je suis pressée, je dois aller travailler et…

— Non, non, je ne voulais pas dire tout de suite, je suis en retard aussi, je voulais dire un jour où vous aurez le temps.

Sophie réfléchit, le regarda et sourit :

— C'est d'accord, dit-elle.

Jimmy sortit son téléphone portable et nota le numéro de téléphone de la jeune fille.

— Je suis libre les mardis et les vendredis, je passe les week-ends avec l'association, dit-elle.

— Je vous appelle vendredi.

— D'accord, dit-elle en s'éloignant dans les escaliers du métro tandis que Jimmy restait planté là à la regarder partir au loin.

« Whaou ! se dit-il, c'est mon jour de chance ! »

Effectivement, Sophie était une jeune fille extrêmement jolie avec des traits fins, symétriques, un sourire qui vous réchauffe le cœur et une voix douce qu'on a du mal à oublier. Jimmy, célibataire, était évidemment déjà sorti avec des filles, mais il n'avait jamais ressenti ce qu'il venait de vivre. Une sensation de bien-être l'envahit, il se sentit en symbiose avec la journée qui commençait. Tout lui semblait possible aujourd'hui, « tout ». Il se sentait vivant, oui, c'est le mot, « vivant » et ce sentiment était nouveau pour lui.

Vendredi, 17 heures !

Jimmy sentit l'angoisse l'envahir, c'était aujourd'hui qu'il devait l'appeler. Ça allait faire trois jours qu'il attendait ce moment, il ne pouvait se détacher de l'image de Sophie qu'il avait gravée dans son esprit lors de leur première rencontre. Il décrocha le téléphone, son cœur se mit à battre de plus en plus vite, il composa le numéro et juste au moment où ça allait sonner, il raccrocha.

« Attends, attends, se dit-il, qu'est-ce que je vais lui dire ? Salut c'est moi, Jimmy, le type qui t'a aidé à ramasser tes papiers ? » Allait-elle se souvenir de lui ? Il commençait à se poser plein de questions, le doute l'envahit.

« Non, mais attends, se dit-il, c'est elle qui m'a donné son numéro, si elle n'avait pas voulu me le donner, elle ne l'aurait pas fait. »

Rassuré, il reprit son portable et recomposa le numéro.

Ça sonna trois fois, Jimmy attendit que ça décroche. Une voix se fit entendre :

— Allô ?

— Allô, oui ? C'est le garçon que tu as rencontré lundi dans le métro, je voulais…

— Salut Jimmy, j'attendais ton coup de fil.

Voila Jimmy rassuré, elle attendait son coup de fil ! C'était bon signe, ça.

— Oui, comme prévu, je t'appelle, enfin je vous appelle pour…

— Tu peux me tutoyer, tu sais…

— Très bien, voudrais-tu qu'on prenne un verre demain ?

— Pas de problème, je suis libre à partir de 15 heures, mais je dois absolument rentrer pour 20 heures.

— Oh, pas de problème ! 15 heures, c'est parfait.

Une fois le lieu de rendez-vous fixé, ils raccrochèrent. Jimmy sauta de joie : « C'est dingue ! C'est la fille la moins prise de tête que je connaisse, pas de chichi pour rien, elle sait ce qu'elle veut, génial ! »

23. La reconstruction

Ça faisait maintenant longtemps qu'Hémo partageait son itinéraire avec le vieux *Red Cell*. Il lui avait appris tant de choses sur le monde dans lequel ils vivaient !

Ils passèrent à côté de Tibia Land. Erythro lui dit :

— J'avais ton âge quand le désastre s'est produit. Je passais exactement par là ; je venais de délivrer mon oxygène et je filais vers Cœur Land chargé de CO_2. Soudain, une grande explosion. Ce fut comme la fin du monde. J'ai cru encore que c'étaient ces monstres, ces Bactérias qui avaient créé une nouvelle arme redoutable pour détruire notre monde, mais ce n'était pas le cas. D'un seul coup tout a changé. Avant même que j'aie eu le temps de réagir, des milliards de *Red Cells* avaient disparu, et il y avait plein d'Ostéoblastes et Ostéocytes[13] partout sur les routes, ainsi que des Hépatocytes[14] qui étaient complètement perdus et désemparés, ne sachant quoi faire ni où aller. Je n'avais jamais vu un tel chaos, on aurait dit la fin du monde, tout était devenu anarchique et incohérent. Tu vois, Hémo, rien que ça, j'ai du mal à le comprendre. Comment la planète peut-elle si rapidement basculer d'un état stable et harmonieux au désastre le plus complet ?

— Je m'en souviens bien aussi, dit Hémo, c'était le jour où j'ai eu mon diplôme, je venais juste de quitter l'école, c'était le chaos total, j'ai cru pendant un moment que c'était toujours comme ça, c'est avec l'expérience que je me suis rendu compte qu'il pouvait y avoir des jours plus paisibles.

---

[13] Les citoyens vivant dans ce pays.

[14] Les citoyens de Foie Land.

— Oui regarde, ils ont tout reconstruit, tout rebâti, tu te rends compte comme ces ouvriers travaillent bien ? Attends un peu, je ne me sens pas très bien…

Le vieux *Red Cell* se mit sur le bord de la voie de circulation, très essoufflé.

— J'ai du mal à reprendre mon souffle, je ne suis plus aussi costaud que dans le temps.

— Ça va aller, je vais t'aider, dit Hémo, appuie-toi sur moi.

— Non, je vais me reposer ici un moment, puis je rependrai ma route vers Rate Land, je pense que le moment est arrivé pour moi de prendre enfin ma retraite.

— Tu es sûr ? s'inquiéta Hémo.

— Oui mon ami, sois tranquille, mais je voudrais, avant que tu ne partes, que tu me promettes une chose.

— Tout ce que tu voudras, dit Hémo.

— Va faire un tour à Cerveau Land et demande à voir l'un des sages. Il y a trop de questions auxquelles je n'ai pas eu de réponses, j'espère que toi tu auras la chance d'y voir un peu plus clair. Je compte sur toi pour découvrir la vérité. Je voudrais croire qu'on a fait ça pour quelque chose, que notre vie n'a pas été vaine, que tout ceci a un sens, que la vie a un sens. Je suis content de t'avoir connu, ça m'a donné du courage et de la joie de partager ce bout de chemin avec toi.

Hémo, le regard triste, se dit que c'était la destinée de tous, après tout, de vieillir, puis de mourir : c'était le cycle de la vie.

— J'ai eu une belle vie, dit le vieux *Red Cell,* j'ai vu plein de choses et vécu les moments historiques de notre planète, j'ai eu plus de chances que ceux qui y ont laissé leur peau trop tôt. Prends soin de toi, dit-il avant de fermer les yeux et de se laisser aller. Je suis en paix maintenant, murmura-t-il.

Au même moment, un Macrophage qui passait sur les lieux vit le vieux *Red Cell* au sol et se présenta à eux.

— Ça va aller, je m'occupe de lui, je vais l'emmener à Rate Land, on s'occupera bien de lui là-bas.

24. Une autre vision du monde

C'était le mois d'avril, les fleurs embaumaient l'air, on entendait au loin les oiseaux chanter, la température atteignait vingt-quatre degrés, l'été devait être en avance.

C'était la première fois que Jimmy ressentait toutes ces choses ; normalement, il ne prêtait aucune attention à l'environnement, il avait d'autres choses auxquelles penser, mais c'était une belle journée et il tenait à s'en souvenir. Une sensation bizarre l'habitait depuis le matin, il se sentait en harmonie avec ce qui se passait autour de lui, une sorte de symbiose, une joie intérieure qu'il n'avait jamais éprouvée auparavant.

La silhouette de Sophie apparut au loin, elle portait une robe légère rose, ses épaules dénudées ajoutaient à son physique parfait.

« Whaou ! » se dit Jimmy en avançant timidement vers cette vision sublime qu'il ne pouvait quitter des yeux.

— Tiens, c'est pour toi, dit-il en tendant une rose rouge avec quelques pétales roses qu'il avait spécialement choisie pour l'occasion.

Il n'était pas du genre à offrir des fleurs au premier rendez-vous, mais cette fois-ci, il ne s'était pas posé de question, ça lui était venu naturellement.

— Oh, merci beaucoup ! J'adore les roses et elle est assortie à ma robe ! s'exclama-t-elle.

— Un coup de chance, je suppose.

— Je ne crois pas à la chance, dit-elle, je crois que toute chose a une signification bien précise et un but spécifique.

— Tu veux dire que notre rencontre n'était pas un hasard ? demanda Jimmy

— Effectivement, je pense qu'on devait se rencontrer. Maintenant, ce qui va suivre, je n'en sais rien, mais j'aime croire que chaque chose à un sens.

« C'est un sujet intéressant sur lequel on pourrait s'étendre tout l'après-midi », se dit Jimmy.

Les voilà autour d'un verre, à la terrasse d'un café. Un vent frais ramena les odeurs des jasmins qui se trouvaient à quelques mètres dans un jardin de l'autre côté de la rue.

— Ça aussi ce n'est pas un hasard, dit Sophie en prenant une grande inspiration, j'adore le jasmin, ça me rappelle mon enfance quand ma mère les mettait dans ma chambre dans un vase rose. Ça me rappelle toujours mes années d'enfance, le cocon familial, l'insouciance, l'innocence, cette simplicité qui consistait à vivre le moment présent et rien d'autre.

— Mais nous vivons tous dans le présent, enfin c'est ce qu'il me semble, rétorqua Jimmy

— C'est ce que tu crois ? Moi je crois au contraire que la majorité des habitants de la planète vivent dans le passé ou dans le futur. Plus on s'éloigne de l'enfance, de l'innocence et plus nos pensées sont submergées par notre passé et notre futur, par toutes les décisions qu'on a dû prendre dans le passé et celles qu'on va devoir prendre d'ici peu.

— C'est vrai qu'on regarde notre futur et qu'on s'y projette souvent, mais c'est ce qui nous permet de réaliser nos projets.

— Mais si on passe son temps à réfléchir à ce qu'on va faire demain ou à ce qu'on a fait dans le passé, ne risque-t-on pas de rater le présent ?

— C'est vrai, convint Jimmy.

— La réalité, c'est que l'être humain change au fur et à mesure de son existence. Il grandit, se métamorphose et s'adapte physiquement, intellectuellement et mentalement à une société qui va l'obliger à se former à un modèle d'existence bien précis.

Ainsi chaque être va développer des croyances liées à l'univers dans lequel il a évolué depuis sa naissance.

— Tu veux dire qu'il y a autant de réalités que d'êtres humains sur la planète ?

— C'est exactement ce que je veux dire. Regarde, on a tous une opinion bien précise sur n'importe quel sujet et cette opinion se nourrit de nos croyances et de tout ce qui a alimenté nos croyances et forgé notre réalité. C'est pour ça qu'il y a autant d'opinions que d'humains et qu'il y a autant de discours et de querelles. Prenons l'exemple des religions, pour moi la différence fondamentale entre les religions se résume simplement au fait que Dieu n'est pas une réalité mais juste une croyance, et cette croyance diffère en fonction de chaque religion. Qui a raison ? Qui a tort ? Voilà l'archétype de la question vaine. Pour que tout le monde se mette d'accord, il faudrait que chacun voie le monde de la même manière, regarde la réalité de la même façon, et pour ça, il faut avoir l'esprit ouvert, très ouvert et voir la réalité globale, ce qui n'est pas le cas de tout le monde. La vraie réalité contient par définition toutes les formes de croyances, d'où qu'elles viennent, et non pas juste quelques-unes ! C'est pour cette raison que les hommes ne pourront jamais trouver un terrain d'entente, parce qu'ils ne vivent que dans leur réalité et leurs croyances et rejettent celles des autres.

— J'ai l'impression que tu mélanges tout et que tu es très aigrie par la vie ! dit Jimmy.

— Ce n'est pas que je sois désabusée, disons que j'aimais davantage le monde quand j'en savais moins sur le genre humain.

— Comment ça, le genre humain ? Je ne comprends pas ! Je suis un être humain !

— Je ne parle pas de toi, je parle de tous ces gens qui ne vivent que pour eux, leur vie ne tourne qu'autour de leurs besoins, de leur nombril et de rien d'autre.

— C'est la loi de la société, c'est ça, la réalité de la vie.

— Non ! s'écria Sophie, ce n'est pas ça la réalité, ce n'est pas ça la vraie vie, en tout cas pas celle dans laquelle, moi, j'aimerais vivre !

— Mais tu n'y peux rien, chacun vit sa vie comme il l'entend et fait ce qu'il veut, c'est ça la liberté, c'est ça le libre arbitre, dit Jimmy.

— Vouloir imposer sa manière de voir le monde, ses croyances, est-ce la liberté ? Tuer pour s'enrichir, est-ce la liberté ? Non, la liberté pour moi, c'est quand tout le monde participe à la construction d'un monde meilleur avec une conscience collective, quand chaque être peut s'exprimer librement sans pour autant causer d'injustice ni blesser les autres ; quand chacun essaie activement de rendre meilleure la vie des autres. La liberté, c'est l'affaire de tout le monde.

— Donc pour toi, le libre arbitre, ça veut dire prendre aux autres, s'enrichir à tout prix sans se soucier des autres ? demanda Jimmy.

— La liberté c'est bien, mais sans une conscience collective, sans la fraternité, c'est la porte ouverte à toute forme d'abus et de mesquineries qui ne feront que tirer la société vers le bas. La réalité qui nous échappe, c'est qu'outre le fait qu'on est chacun séparé physiquement des autres, nous sommes néanmoins tous des êtres qui vivent dans une enceinte close et unique qui est la planète Terre. Toutes les formes vivantes sur cette Terre participent à leur niveau à ton bien-être, au mien et à tous ceux des autres êtres vivants qui rampent, volent, nagent ou marchent, mais elles sont trop aveugles pour le voir. Moi je crois que chaque être vivant a une mission et un rôle précis à jouer dans ce monde.

Elle se tourne et pointe du doigt un type en train de fumer sur un banc en buvant son café.

— Tu vois cet homme, il est en train de fumer, c'est son choix, c'est son libre arbitre, mais est-ce qu'il sait vraiment ce qu'il fait ?

— Comment ça ? répliqua Jimmy.

— Eh bien quand il se lève le matin et qu'il se regarde dans la glace, comme nous tous, il ne voit qu'un seul et unique être qui est la réflexion de son image, mais cette image n'est pas vraiment ce qu'il est !

Ça devenait intéressant, Jimmy n'avait aucune idée de ce dont elle voulait parler.

— La vraie réalité, c'est qu'il est fait des milliards de petits êtres vivants que sont ses cellules, qui passent leur vie à travailler jour et nuit sans relâche, main dans la main avec d'autres cellules, dans une conscience collective pour que cet homme puisse vivre, pour qu'il puisse marcher, boire, manger, penser et travailler. Quand on y pense vraiment, on est comme une planète à nous seul et nos cellules sont les formes de vie qui l'habitent et qui nous permettent de continuer à vivre ; on est un peu alors comme un dieu et le moindre de nos choix, la moindre de nos décisions a un impact immense sur le devenir de chacune de ces cellules, chaque décision devient une question de vie ou de mort.

— C'est une analogie très intéressante, dit Jimmy qui, en médecine, avait appris l'importance de la cellule et son rôle dans le bon fonctionnement de l'organisme.

— Alors explique-moi comment ce type pourrait continuer à fumer s'il savait qu'à chaque bouffée de cigarette qu'il met dans ses poumons, il empoisonne des millions de cellules qui consacrent toute leur existence à travailler pour qu'il puisse respirer ? C'est comme s'il se levait le matin en se disant « je vais massacrer volontairement tous ces petits êtres vivants qui travaillent pour que je puisse respirer par plaisir, selon mon libre arbitre, juste pour leur donner exactement l'opposé de ce qu'ils me demandent », ça n'aurait aucun sens ! Comment quelqu'un peut-il continuer volontairement à fumer et tuer, à plusieurs reprises dans la même journée, des millions d'êtres vivants qui n'existent que dans un seul et unique but, celui de lui permettre de vivre, et ceci pour une seule question de libre arbitre ? C'est complètement illogique ! Chaque être vivant a une mission et un rôle précis à jouer dans ce monde, à commencer par chacun de nous.

La discussion était très sérieuse, Jimmy n'avait jamais eu ce genre de conversation avec quiconque et était vraiment subjugué de voir une fille aussi jeune s'exprimer ainsi, elle avait tellement de maturité !

— Mais comment trouver ce rôle précis ? demanda Jimmy.

— C'est à nous de le découvrir et la seule manière de le faire, c'est d'aller vers les autres, d'avoir confiance en eux. Seuls, nous ne sommes rien ! C'est en interagissant et en aidant les autres que nous commençons à connaître nos vraies capacités et que nous pouvons saisir le vrai sens de notre existence.

— Et toi, qui va t'aider à te réaliser ? s'exclama Jimmy.

— Les autres, bien sûr, répondit-elle. Tu vois, je crois que tout le monde mérite d'être heureux pour le peu de temps qu'il passe sur Terre. Autant je suis convaincue que mon existence sert à aider les autres à se réaliser, autant je suis persuadée que d'autres, au moment même où je te parle, travaillent sans le savoir à rendre ma vie meilleure. Certes, ils travaillent pour eux, enfin c'est ce qu'ils croient, mais en réalité nous sommes, chacun à notre niveau, les serviteurs d'autrui, nous participons à améliorer la vie des autres. Pour être plus précise, nous sommes tous égoïstes, mais au fond, nous travaillons tous les uns pour les autres.

— Je ne l'avais jamais perçu sous cet angle mais cela me paraît extrêmement logique : nous existons tous pour améliorer la vie d'autrui, c'est génial ! s'exclama Jimmy.

— Il y a un nombre indéfinissable d'interconnexions entre les êtres humains sur cette planète, mais nous sommes trop aveugles pour vouloir l'admettre ou le voir. Nous sommes tous responsables du bonheur des autres ; responsables de leur bonheur, mais aussi de leur malheur, c'est ce qui nous définit en tant qu'êtres humains, c'est ce que nous sommes. Chacun de nous a la capacité d'agir à n'importe quel moment de son existence, une action qui peut être à l'origine d'un moment intense de bonheur, sans dépenser un sou.

— Comment ça ? répliqua Jimmy.

— Voilà un exercice que tu pourras faire, comme n'importe quel autre être humain. Prends un moment de la journée et décide que tu vas amener un sourire sur le visage d'un de tes proches, ta mère, ton frère, ton père, un ami, peu importe ; décide du moment, décide de l'action, et fais-le sans aucune arrière-pensée de récompense. Sois égoïste, regarde-le sourire et vois le bien-être que tu peux créer en manipulant un instant de vie autour de toi ; sois juste spectateur de ce moment intense de bonheur et surtout dis-toi qu'il a été créé et institué par toi et toi seul.

Elle s'arrêta un moment pour trouver les mots qu'il fallait pour se faire bien comprendre.

— Un miracle ! Des faiseurs de miracles, voilà ce que nous sommes, chacun à son petit niveau, à chaque instant de notre vie, et c'est à nous de décider si nous voulons que notre réalité ressemble au paradis ou à l'enfer.

— Mais parfois on n'a pas le choix, la vie s'impose à nous malgré nous ! rétorqua Jimmy. On est obligé de faire des choix qui finiront par blesser d'autres êtres humains !

— C'est pour cette raison que je ne crois pas à la coïncidence, il y a une raison pour toute chose. Chaque événement, aussi horrible et incompréhensible qu'il puisse paraître au moment où il se produit, a un sens général qui se manifestera dans le temps, dans un futur proche. L'être humain a le contrôle de ses choix, mais il y a beaucoup de choses pour lesquelles il n'a aucun contrôle et ignorer cette réalité, c'est s'infliger des souffrances inutiles.

— Whaou ! Je croyais aller à un rendez-vous habituel avec la plus jolie fille que j'aie jamais rencontrée et nous voilà à discuter du monde et de la vie !

— Oh, je suis désolée, répondit Sophie. Je sais, parfois je peux vraiment être très lourde...

— Tu rigoles ? dit Jimmy. J'adore la manière dont tu vois le monde, j'aimerais seulement qu'il y ait plus de personnes au monde qui pensent comme toi.

— Dis-moi, demanda Sophie, tu n'aimerais pas vivre dans un monde où ton bonheur serait réalisé par les autres et toi tu participerais au bonheur des autres, et ceci juste en faisant ton travail ?

— Comment ça ? dit Jimmy. Je ne comprends pas bien ta question.

— Supposons que tu connaisses tes vraies capacités et que le reste des habitants de la planète aussi. Que chacun, à commencer par toi, fasse le travail pour lequel il est le plus doué et qu'il aime faire. Il se trouve que dans un tel monde, chacun participe, à son niveau, à rendre la vie de l'autre meilleure en restant lui-même. Tu fais le travail qui te correspond le mieux et qui te rend heureux, ainsi que tous les autres habitants de la planète. C'est quand quelqu'un n'est pas fait pour un travail et prend le travail d'un autre que le train du bonheur commence à dérailler. Ceci se produit lorsque la société échoue à accompagner, encourager et former ses citoyens en fonction de leurs vraies aptitudes. Depuis l'enfance, en interagissant et en s'entraidant les uns les autres, nous avons la possibilité de voir se développer nos compétences, de bien nous connaître et trouver notre vraie place dans la société.

— Ça a l'air simple la manière donc tu le décris, mais j'ai du mal à croire que c'est réalisable à une échelle globale, dit Jimmy.

— Ça pourrait même être un projet de jeu télévisé, reprit Sophie. Imaginons, cinquante personnes de différents âges, horizons, cultures et ethnies qui ne se connaissent pas. L'idée consiste à les mettre tous dans un endroit désert avec tout ce dont ils ont besoin pour construire une société fonctionnelle dans laquelle les notions de pouvoir, de puissance, d'argent, de classe sociale n'existent pas. Le but final n'est pas l'épanouissement personnel, mais celui de tous dans une société parfaitement fonctionnelle. Comment crois-tu qu'ils vont s'organiser ?

— J'imagine que chacun va se proposer de faire le même métier qu'il ou elle fait dans la vie réelle ?

— La question est : quelle va être la meilleure manière de s'organiser pour que ces cinquante personnes puissent être heureuses et vivent en harmonie ? Eh bien tu as raison, la meilleure manière de s'organiser en premier semble être celle qui permet à chacun de pouvoir mettre son savoir-faire au service des autres. Vous êtes dans le bâtiment, alors vous allez construire les maisons ; vous êtes boulanger, vous allez faire le pain ; vous êtes agriculteur, vous allez cultiver les fruits, etc.

— Je n'en vois pas l'intérêt dans ce cas, on reproduit le même schéma que dans sa société d'origine, dit Jimmy.

— Oui, tu as encore une fois raison, mais il y a une alternative. L'autre manière de s'organiser serait de distribuer les tâches non pas en fonction du travail que chacun a dans la vraie vie, mais en fonction de ce qu'il aime faire pendant ses heures de loisirs et de ce qui le rend joyeux et heureux de vivre.

— Tu veux dire que chacun ferait le métier qui lui procure le plus d'épanouissement et de joie ?

— Tout ceci semble complètement utopique et je dois admettre que ce genre de monde n'existera jamais, c'est complètement irréalisable.

— C'est ce que tu crois, dit Sophie, mais viendra un jour où chaque être humain sur cette terre tremblera pour les autres, les uns protégeront les autres comme si leur propre vie en dépendait, parce qu'ils reconnaîtront enfin que s'ils sont vivants et en bonne santé, c'est justement grâce aux autres et vice versa. Moi, à chaque fois que je vois un enfant malade me sourire, me regarder dans les yeux sans retenue ni gêne à cause de sa maladie, je suis la femme la plus heureuse au monde, je me sens utile, je me sens vivre, je me sens en harmonie avec moi-même et avec ce que je suis. Mon existence consiste à apporter un peu de bonheur aux autres, et ma récompense est de contempler le résultat de cet effort, c'est jouissif.

— Mais il faut bien vivre, il faut bien travailler ! dit Jimmy. Tu ne peux pas non plus te consacrer aux autres gratuitement !

— Je suis d'accord, répliqua Sophie, mais chaque être humain mérite de trouver son chemin un jour ou l'autre. Chacun mérite d'être en harmonie avec lui-même et le monde qui l'entoure à un moment donné de sa vie ! Et cet état ne pourra se faire qu'en ayant une vision plus globale qui ne s'arrête pas à moi !

— Jimmy ! Hey, Jimmy ! Jimmy ! Jimmy !

Jimmy ouvrit les yeux. Il venait juste de se souvenir de sa première rencontre avec Sophie, c'était hier... Un frisson le traversa de la tête aux pieds.

— Quoi, qu'est-ce qu'il y a ? demanda-t-il à sa mère.

— Rien, tu es resté planté là sans répondre pendant un bon moment.

— Ça va, Maman, ça va, je suis juste un peu fatigué, est-ce que je peux me reposer maintenant ?

— Oui mon chéri, je vais te laisser, je ne serai pas loin si tu as besoin de quelque chose...

25. Le stress

Des changements commençaient à s'opérer un peu partout dans le monde. Cerveau Land avait triplé son activité en un rien de temps et ça n'arrêtait pas d'augmenter. Des mouvements inhabituels s'étaient fait sentir sur différents continents et Hémo comme les autres était intrigué, ne sachant quoi penser. Était-ce le prélude à des jours meilleurs ou un avant-goût de nouvelles catastrophes ? Fallait-il se préparer à de nouveaux changements climatiques ? Allait-il y avoir de nouvelles invasions de Bactérias ou autres monstres ? Ne sachant ce qui allait arriver, tout le monde se préparait au pire. Même les échanges économiques mondiaux étaient bouleversés, Cerveau Land voyait ainsi sa consommation en matières premières alimentaires multipliée par trois.

C'était drôle pour Hémo d'assister à ce nouveau changement. Depuis qu'il était entré dans la vie active, Cerveau Land était plutôt calme et ne faisait pas parler de lui. Évidemment, il avait entendu parler de son importance et le vieux *Red Cell* lui avait dit qu'il trouverait les réponses à ses questions dans ce pays. Mais au fond de lui, il ne comprenait pas comment un pays supposé si productif et censé diriger les autres pays était en même temps si calme et si discret. Comme tout le monde, il craignait de découvrir ce que le monde allait leur offrir à nouveau.

L'ambiance générale était assez ambiguë. On pouvait lire sur les visages aussi bien de la peur que de l'excitation. Partout où

Hémo passait, il n'entendait parler que des changements sur Cerveau Land et des échanges planétaires.

« On verra bien ! », se disaient les individus qu'Hémo rencontrait sur sa route. De toute façon, s'il devait arriver quelque chose, ça n'allait pas tarder à se réaliser !

En attendant, ces nouveaux changements avaient apporté une meilleure régulation des transports et du climat planétaire, Hémo voyait bien qu'il avait plus de facilité à faire son travail.

« Pourvu que ça dure… », se disait-il.

26. La rédemption

Jimmy était réveillé depuis une semaine. Maintenant il savait exactement ce qui lui était arrivé, il avait une grosse cicatrice du bas du ventre jusqu'au thorax, son foie avait été touché gravement et il avait plusieurs fractures à la jambe et aux côtes qui lui faisaient encore mal quand il essayait de bouger. Il avait également été informé des complications postopératoires, le fait que son cœur s'était arrêté et qu'il avait fallu le choquer. Mais tout ceci ne semblait absolument pas l'affecter, il aurait préféré mourir et partir avec Sophie.

Le chagrin ! Il n'y a rien de plus efficace pour anéantir un homme, surtout quand il a besoin de reprendre toutes ses forces pour guérir.

Non, Jimmy n'avait plus aucun désir de vivre, pour lui le combat de la vie avait touché à sa fin. La volonté de vivre l'avait complètement abandonné, malgré les demandes répétées de sa mère et de sa sœur de se ressaisir et de faire un effort. L'annonce de la mort de ses deux autres amis avait rajouté à sa tristesse et à la culpabilité qu'il ressentait déjà.

Qu'il portât des cicatrices physiques et qu'il ait failli mourir ne changeait rien. Désormais, il devait réapprendre à vivre avec cette réalité qui le déchirait de l'intérieur et rendait la vie insupportable. Il n'arrêtait pas de se dire qu'il ne méritait pas de vivre après ce qui s'était passé, qu'il aurait dû lui aussi subir le même sort et que sa vie n'avait dorénavant plus aucun sens.

La seule chose qu'il voulait, c'était qu'on le laisse tranquille, qu'on le laisse dormir.

Les médecins avaient dû continuer les perfusions pour l'hydrater et laisser la sonde gastrique en place pour l'alimenter. Le psychiatre était passé à plusieurs reprises, mais Jimmy avait refusé à chaque fois de lui parler. Qu'est-ce qu'un psychiatre aurait pu comprendre à son chagrin ? Et de toute façon, ça n'aurait rien changé aux faits !

Chaque jour était comme un nouveau fardeau à porter. Chaque réveil était comme un couteau qu'on aurait enfoncé dans sa poitrine, un rappel à la dure réalité de la vie et cette envie de vomir de dégoût et de crier pourquoi qui ne le quittait jamais. Ça n'avait aucun sens, c'était absurde, injuste ! Son cerveau était comme devenu fou, il voulait comprendre, il essayait de rationaliser, de changer de scénario, de refaire le parcours, mais rien n'y faisait. Comprendre le pourquoi, les raisons derrière la vie et la mort. Ces questions le tourmentaient jour et nuit, pas une seconde de répit. Il tournait en rond sans réponse, voulait à tout prix se déconnecter d'une réalité trop dure à supporter, cherchait désespérément une alternative. Existait-il un moyen d'arrêter ce supplice sans fin ? Jimmy finissait par s'endormir, espérant échapper à cette cruelle réalité.

Il sentit une lumière apaisante l'envahir et s'y abandonna, croyant que la mort venait apporter la réponse à son supplice.

« Merci mon Dieu, merci ! dit-il. Enfin tu m'as entendu ! »

Jimmy s'abandonna à la lumière qui l'attirait vers elle comme un aimant.

— Où vas-tu ? Hey ! Où est-ce que tu vas ? dit la voix avec insistance.

Jimmy se tourna en direction de la voix pour en découvrir l'origine.

— Où vas-tu comme ça ?

— Sophie ? répliqua Jimmy, surpris. Mais qu'est-ce que tu fais là ?

— Et toi, où vas-tu donc ?

— Là-bas, répondit sans réfléchir Jimmy en montrant du doigt la lumière.

— Non Jimmy, tu ne peux pas aller là-bas, pas encore, ce n'est pas le moment !

— Comment ça, ce n'est pas le moment ? répliqua-t-il sans comprendre.

Sophie étendit son bras et pointa son index vers le bas.

Jimmy revit la même scène que précédemment, des infirmiers et des médecins en train de réanimer quelqu'un.

— Regarde bien, regarde ! dit la voix.

— Oh, mon Dieu ! s'écria Jimmy en réalisant que c'était lui qui se trouvait sur le lit.

Il regarda Sophie avec étonnement, sans savoir quoi dire, perdu, ne comprenant pas ce qui lui arrivait.

— Tu ne peux pas partir, continua la voix, ce n'est pas le moment, pas encore, tu as beaucoup de choses à accomplir ici-bas et il y a ici plusieurs personnes qui comptent sur toi.

— Mais qu'est-ce que ça veut dire ? répétait Jimmy, qu'est-ce que tout cela veut dire ? Qu'est-ce que je fais là ? Qu'est-ce que tu fais là, Sophie ?

— Je dois partir maintenant.

Sa silhouette s'éloigna, et d'un ton calme et reposé elle murmura :

— Prends soin de toi, Jimmy.

— Attends, Sophie ! Où vas-tu ? Attends ! Qu'est-ce que tout cela veut dire ? Attends !

Il se réveilla dans un sursaut. Il se souvenait, c'était ce qu'il avait vécu, il s'en souvenait maintenant. Était-ce bien réel ou venait-il d'imaginer ce rêve pour se donner bonne conscience ? Il fallait qu'il survive, il avait encore des choses à réaliser, mais lesquelles ?

Un rêve si étrange et si réel à la fois ! Était-ce vrai ou avait-il rêvé ? Il se posa la question à maintes reprises.

Il essaya de se remémorer exactement ce qui s'était passé. Il la revoyait, Sophie lui souriait et lui demandait de rester, elle avait besoin de lui ici. Il ne savait quoi penser. Il avait entendu certains patients lui rapporter leur expérience après la mort, il avait, comme tout être rationnel, pensé que c'était dû aux médicaments. Était-ce les médicaments qui avaient créé cette vision ? Mais comment était-ce possible ? Au moment précis où il avait vu Sophie, il était allongé sur la table opératoire et il ne savait pas encore qu'elle était décédée !

Il appela l'infirmière et lui demanda le jour exact où il avait fait son arrêt cardiaque et qu'il avait fallu le ramener à la vie. La question intrigua l'infirmière, lui qui depuis des mois se laissait mourir à petit feu… Elle alla se renseigner aussitôt.

— Le 25 juin, répondit-elle.

— Le 25 juin ? Est-ce que je peux vous demander un service, s'il vous plaît ?

— Demandez toujours ! répondit l'infirmière, heureuse de le voir enfin s'intéresser à quelque chose.

Jimmy était son patient et elle était au courant de tout ce qui pouvait se rapporter à lui de près ou de loin.

— Pourriez-vous me dire à quelle date Sophie est décédée ?

La question surprit l'infirmière. Voilà une question étrange, devait-elle suivre ce chemin sachant combien Jimmy y était sensible ?

— Pourquoi voulez-vous savoir une telle chose ?

— S'il vous plaît, c'est très important pour moi, il faut absolument que je sache quand c'était.

— Attendez un moment, je vais me renseigner.

Était-ce possible ? Comment pouvait-il rêver de Sophie morte ce jour-là, la femme qu'il aimait le plus au monde ? Y avait-il une autre vie après la mort ? Le pauvre cerveau de Jimmy était bombardé de milliers de questions auxquelles il essayait de répondre.

L'infirmière revint avec la réponse :

— Le 25 juin, elle est décédée un peu avant que vous ne fassiez votre arrêt cardiaque.

Un frémissement traversa Jimmy de part en part. Comment était-ce possible ? C'était bien Sophie, elle l'attendait pour l'empêcher de la rejoindre. Elle lui avait dit qu'il fallait qu'il vive, « tu as des choses à accomplir ici-bas » !

— Elle voulait vraiment que je vive ! Elle voulait vraiment que je vive ! cria-t-il tout haut.

— De quoi parlez-vous ? s'exclama l'infirmière.

— Elle voulait que je vive ! Elle voulait que je vive ! Elle voulait que je vive ! répétait Jimmy.

27. Le changement

La planète Human avait envisagé le pire, mais ne voyant rien arriver de catastrophique, elle s'était remise au travail à un rythme normal.

L'activité de Cerveau Land avait définitivement augmenté, il y avait également d'autres mouvements inexpliqués qu'Hémo trouvait inhabituels, mais les plus âgés d'entre eux le rassuraient en lui disant qu'ils se souvenaient de ces activités de la planète avant les premiers cataclysmes.

« Bizarre », se disait Hémo. Ce qui semblait si nouveau pour lui était si familier aux anciens ! D'après eux, la planète était en train de reprendre son activité normale et tendait vers un nouvel équilibre climatique. Il faut dire que le climat s'était énormément amélioré ces dernières années, les échanges internationaux se faisaient de mieux en mieux, ils étaient bien plus fluides. Les pays endommagés par les séismes avaient été presque entièrement reconstruits, certains chantiers étaient encore en cours. Suite à l'augmentation de l'activité de Cerveau Land, les relations internationales avaient évolué vers une harmonisation des échanges. C'était une impression nouvelle de cohésion générale et une solidarité ancienne retrouvée et rétablie.

Pendant un bon moment après les cataclysmes, tous les pays s'occupaient essentiellement d'eux-mêmes en priorité, ils étaient chargés de se reconstruire et de survivre. Graduellement, suite à l'augmentation de l'activité de Cerveau Land, les choses s'étaient mises à changer, comme si ce dernier était en train de reprendre son rôle, contrôlant les échanges vers une cohésion générale et une entraide mutuelle organisée.

Hémo savait que c'était à Cerveau Land que toutes les grandes décisions concernant l'organisation planétaire étaient prises, mais il était resté sceptique jusqu'à ce qu'il constate les vrais changements par lui-même. Il y avait une amélioration dans l'air, un air de renouveau, un optimisme sous-jacent. Le monde était plus joyeux, plus heureux, plus vivant. Des activités nouvelles fleurissaient dans chaque ville, chaque pays, tout le monde était mis à contribution, on pouvait sentir une envie, un enthousiasme sans précédent s'emparer de la population.

Après toutes ces années de labeur et de travail intense, sans répit, cette nouvelle vie apparaissait comme des vacances inespérées, chacun travaillait à son rythme naturel et tout sembler fonctionner parfaitement.

Et Hémo ne s'était jamais senti aussi épanoui.

28. Ô, amour, quand tu nous tiens

— Je t'aime !

— Arrête, ne plaisante pas avec ça !

— Non, sincèrement, je t'aime, dit Jimmy.

Sophie se tourna et le regarda droit dans les yeux. Ils étaient allongés sur l'herbe dans un jardin public, il faisait beau, le ciel était d'un bleu limpide, c'était le début de l'été, les arbres étaient chargés de fleurs et un parfum de tulipe embaumait l'air.

Plus d'un an qu'ils étaient ensemble. Ils connaissaient tout l'un de l'autre. Ils s'étaient juré de ne jamais se mentir et de faire face à toute situation avec calme et sérénité. Il faut dire qu'avec la personnalité de Sophie, il aurait été inimaginable de faire autrement.

Jimmy savait la chance qu'il avait d'avoir rencontré un être aussi spécial. Non seulement elle était la plus belle fille qu'il avait jamais connue, mais en plus elle avait le cœur sur la main. Il n'avait jamais rencontré quelqu'un qui prenait autant de plaisir à s'occuper des autres. Ils avaient souvent eu des discussions sur le temps qu'elle passait à l'hôpital avec les enfants malades. Jimmy lui reprochait parfois de passer à côté de sa jeunesse et du monde qui l'entourait à force de s'occuper des autres. Mais elle répondait toujours la même chose :

— C'est ça qui me rend heureuse, je préfère passer mon temps avec un enfant qui a besoin d'attention, d'un peu d'amour et le voir heureux, que de passer mon temps dans un pub à discuter de rien avec des soi-disant amis que je ne verrais peut-être plus jamais. Je sais, il y a ceux qui aiment faire ça tous les jours, c'est leur choix, je ne les juge pas, c'est simplement que c'est ce que je sais faire de mieux et c'est ce qui me rend heureuse ; je suis sûre que d'autres personnes font d'autres choses, différentes certes, mais qui les rendent tout aussi heureuses. Certains passent leur temps à coller des allumettes pour construire des tours, d'autres à monter ou démonter des voitures, à dessiner... Moi ce que j'aime, c'est partager mon temps avec ces enfants qui ont besoin d'attention et de tendresse.

Jimmy l'interrompit.

— Je t'aime mon amour, pour toujours, jusqu'à l'éternité.

Sophie le regarda avec tendresse, elle avança sa main, lui caressa la joue et s'approcha pour lui donner un baiser passionnel.

— Je t'aime aussi, dit-elle amoureusement.

Ils se prirent la main, leurs doigts s'entrecroisèrent et ils basculèrent en arrière sur l'herbe.

Il faisait un temps de rêve, quelques nuages étaient parsemés de-ci de-là et dessinaient des formes qui ressemblaient plus ou moins à des objets familiers. Il y avait comme une brise légère qui les caressait légèrement. Le temps semblait suspendu. Ils étaient seuls au monde, ils pouvaient presque sentir les battements de leur cœur. Ils ne disaient rien, ils n'avaient pas besoin de se parler, tout était parfait. Ils fermèrent les yeux et respirèrent profondément... Tout était si harmonieux !

— Debout là-dedans ! Allez, debout là-dedans !

Voilà ce qui réveillait Jimmy tous les matins depuis déjà quelques jours : la voix tendre et mélodieuse de l'infirmière qui venait pour la toilette du matin. Il faut dire que depuis l'accident, Jimmy avait du mal à la faire tout seul. La cicatrice guérissait mais ses muscles étaient encore engourdis, ils avaient besoin d'être rééduqués.

— Alors, comment va-t-on aujourd'hui ? demanda l'infirmière. Allez, je vais faire votre toilette !

Jimmy détestait ce rituel matinal, il n'y avait rien de plus gênant au monde que de voir quelqu'un d'autre vous faire votre toilette. L'infirmière commençait par lui laver le visage avec un gant, d'abord avec du savon, puis elle rinçait le tout avec de l'eau. Ensuite, elle s'attaquait au corps tout entier, la partie la moins drôle pour Jimmy. Elle lavait le tronc et les bras, les aisselles, pour ensuite s'attaquer à ses parties intimes. Jimmy n'était pas très pudique, mais quand même, la toilette de cette zone de son anatomie ne le mettait jamais très à l'aise... Qui le serait ? Au début, il se disait que ça devait plutôt mettre l'infirmière mal à l'aise, mais elle donnait l'impression du contraire.

« J'imagine que faire cela tous les jours depuis plusieurs années ôte toute gêne, que c'est comme n'importe quelle autre tâche », se disait-il.

Le plus difficile était le fait que l'infirmière n'était pas vilaine ; si elle avait été vieille, cela l'aurait beaucoup moins dérangé. Mais elle devait avoir dans les vingt-deux ans et n'était pas laide du tout !

Alors chaque matin, Jimmy s'armait de courage et, arrivé à ce moment précis, il faisait tout son possible pour rester cool, mais c'était plus facile à dire qu'à faire !

Encore une fois, certaines infirmières étaient formées pour bien faire leur travail et assurer une bonne hygiène de leurs patients. Alors chaque matin, Jimmy avait droit au lavage de ses parties intimes avec un mouvement d'aller-retour assez précis et étudié ! C'était l'un des moments les plus étranges de la journée, un moment de solitude intense. « D'autres pourraient trouver ça plutôt amusant et même agréable, se disait Jimmy, mais j'aimerais les y voir, moi, ils auraient l'air moins malins ! »

Après la toilette, c'était le petit déjeuner puis, vers 9 heures, le kiné venait le chercher pour faire travailler ses muscles.

Aujourd'hui, il allait le faire marcher pour la première fois.

29. À la recherche de la vérité

La planète avait retrouvé son rythme habituel. Le temps était venu pour Hémo de donner une nouvelle dimension à sa vie. Il avait beaucoup appris, mais il lui restait tant de questions sans réponses…

Les seuls êtres capables de les lui fournir habitaient Cerveau Land. Des rumeurs disaient qu'ils pouvaient vivre éternellement et qu'ils gardaient précieusement les secrets du monde. Les habitants de cette région étaient tellement vieux qu'on n'arrivait même pas à leur donner d'âge, d'où leur surnom de « sages ». Hémo avait promis au vieux *Red Cell* d'aller les consulter quand la planète irait mieux. Le temps était venu d'effectuer sa propre quête de la vérité.

Voilà Hémo parti en direction de Cerveau Land, et comme il se trouvait au niveau de Moelle Épinière, il décida de commencer par là. Il s'adressa au premier Neurone qu'il rencontra.

— Excusez-moi ! J'ai plein de questions à vous poser sur le monde et le fonctionnement de notre planète. On m'a dit qu'il fallait que je m'adresse aux Neurones, vous êtes un Neurone, n'est-ce pas ?

— Oui petit, mais je ne suis pas celui que tu dois interroger, il faut que tu montes au centre de Cerveau Land pour trouver les sages qui, eux, pourront t'aider à trouver des réponses ; moi, je ne suis qu'un messager et je ne fais que transmettre des informations. Une fois là-bas, demande autour de toi, ça devrait être indiqué j'imagine, moi je n'y vais jamais, je suis bloqué ici depuis que je suis né.

Hémo remercia le Neurone et se précipita dans la direction indiquée. Une fois sur place, il se dirigea vers Cortex Cérébral. Voyant le premier Neurone, il reformula sa question.

— Jeune homme, il faut que vous vous dirigiez vers une ville qui s'appelle Hippocampe. Plusieurs villes possèdent des centres où les informations sont stockées, Cervelet, Thalamus, Cortex Préfrontal et Néocortex, mais Hippocampe enregistre toutes les informations depuis l'origine de la planète. C'est là que toutes les informations s'entrecroisent et je crois que c'est là où vous pourrez trouver le plus facilement les réponses à vos questions.

Hémo demanda son chemin et se dirigea sans attendre vers Hippocampe.

La ville, de loin, ressemblait à une limace géante, elle était composée de millions de bibliothèques, ou centres d'informations, qui communiquaient entre elles par des ponts aériens. Hémo déboucha dans l'une des nombreuses rues de la ville et il demanda à nouveau son chemin :

— Où est-ce que je peux trouver les sages, ceux qui détiennent les réponses à toutes les questions ?

— Vous voyez le grand portail, là-bas, c'est là, lui dit un passant.

Hémo franchit l'immense portail qui devait le conduire enfin à la rencontre des sages. Il se présenta à l'accueil et fut prié de se rendre dans la salle d'attente. Il s'exécuta. Il arriva dans une salle immense, il n'en avait jamais vu de pareille ! Sur les murs étaient accrochées des milliers de gravures qui représentaient différents lieux du monde à des périodes distinctes de son évolution.

« Whaou ! » laissa échapper Hémo, surpris.

Les gravures représentaient des formes de vie qu'il n'avait jamais vues auparavant et qui lui étaient totalement étrangères, et pourtant il était bien sûr d'avoir parcouru le monde de part en part, enfin presque. Il se demanda si elles représentaient vraiment la réalité ou s'il s'agissait de gravures imaginaires. Il réalisa assez tôt qu'il n'était pas le seul à se présenter devant les sages, il y avait d'autres personnes qui, comme lui, venaient des quatre coins du monde. Soudain, il lui sembla reconnaître quelqu'un de loin, il s'approcha et là, surprise !

— Grem !

Hémo était étonné de voir son ancien camarade de lycée. Même si Grem n'était pas vraiment un ami, plutôt un concurrent acharné, Hémo était content de le voir.

— Hémo ! cria Grem le reconnaissant aussitôt, et il se dirigea vers lui avec un grand sourire et se jeta dans ses bras.

Hémo ne comprenait pas, Grem était tout sauf un sentimental. Il était plutôt arrogant et suffisant, ce n'était pas le Grem qu'il avait connu.

— Qu'est-ce que tu fais là ? lui demanda Hémo.

— J'allais te poser la même question, je crois que je suis là pour les mêmes raisons que toi.

Les deux *Red Cells* se regardèrent et sourirent en même temps. C'était la première fois depuis qu'ils se connaissaient qu'ils avaient un sourire complice. Ils commencèrent à se raconter leur vie, leurs voyages, leurs expériences, leurs moments de joie et de détresse. Hémo raconta la perte de son ami Red2 et sa rencontre avec le vieux *Red Cell*.

Ils passèrent ainsi la journée à s'écouter et à partager leurs expériences en attendant leur tour.

— C'est drôle, dit Grem, on a toujours été les meilleurs de la classe et on a toujours voulu faire de notre mieux ; je dois admettre que j'étais toujours jaloux, tout semblait si facile pour toi.

Hémo fut surpris par une telle révélation.

— Je pensais la même chose de toi.

Grem reprit :

— C'est toi qui as sauvé la planète, tu es le meilleur d'entre nous et tout le monde doit te remercier d'être vivant aujourd'hui.

— Non, tu aurais fait la même chose que moi ; je me trouvais juste au bon endroit quand c'est arrivé. On en a vécu des choses, dit Hémo avec un air presque nostalgique.

— Oui, répondit Grem, mais je n'arrive toujours pas à comprendre qu'un monde si complexe et si gigantesque puisse être si fragile à la fois, il y a tellement de choses qui se sont produites et qui ne me semblent pas claires.

— Moi pareil, dit Hémo, espérons qu'on aura des réponses à nos questions…

La porte s'ouvrit et une voix annonça :

— Grem !

— Pouvons-nous entrer à deux ? demanda Grem.

— Non, ici vous entrez seul et vous sortez seul, aucune autre personne n'est admise à cause des interruptions et des interactions qui pourraient vous empêcher de poser vos propres questions.

— C'est parfaitement logique, dirent les deux compères.

— Le temps passé avec un sage peut varier en fonction de vos questions, tout ce qui sera dit ici doit rester confidentiel et vous ne devez le divulguer à personne, comprenez-vous ?

— Voila qui semble assez dramatique ! dit Grem.

— C'est comme ça ou alors vous retournez d'où vous venez, dit la voix.

— Très bien, je te souhaite bon courage, Hémo.

— Toi aussi, dit ce dernier en faisant un grand sourire à son nouvel ami.

N'était-ce pas étrange que lui et son ami d'enfance se retrouvent au même moment au même endroit, sachant l'immensité du monde qui les entourait ? Voilà une nouvelle question qui venait se rajouter à toutes les autres qu'Hémo voulait poser au sage.

Après avoir vu son camarade d'enfance Grem, il se sentit rempli d'une nouvelle paix. « Quel changement ! Comme c'est étrange, comment la vie peut-elle changer quelqu'un à ce point ? »

— Hémo ? annonça la voix.

Hémo se présenta aussitôt.

— Par ici, dit la voix.

Hémo entra dans une salle immense après avoir accepté de ne rien divulguer de ce qui allait être dit. Au milieu de la salle se trouvait une sorte d'étoile gigantesque avec des tentacules qui la reliaient à toutes les autres parties de la pièce, comme une toile d'araignée.

— Bonjour Hémo, ça fait longtemps que je t'attendais ! dit une voix douce, chaleureuse et profonde.

Hémo fut surpris, chercha autour de lui l'origine de la voix et demanda :

— Comment saviez-vous que j'allais venir ?

— Il y a peu de choses que je ne sais pas, jeune homme ! Alors, tu viens pour avoir des réponses à tes questions, n'est-ce pas, mon ami ?

Hémo hocha la tête en signe de confirmation, sans savoir dans quelle direction il devait se tourner.

— Par ici, dit la voix.

Cette voix venait effectivement du centre de l'étoile, cette étoile géante au milieu de la salle, c'était bien le Neurone sage. Hémo fut impressionné par son envergure, mais sa voix était tellement rassurante qu'il se sentit tout de suite à l'aise. Impatient, il commença aussitôt à poser toutes les questions qui lui passaient par la tête.

— Holà ! Jeune homme ! dit le sage, si tu veux avoir des réponses à tes questions, il va falloir que tu sois patient et que tu me les poses une par une.

Hémo s'excusa, reprit sa respiration et reformula la première question :

— Comment le monde s'est-il créé ? Qui l'a créé ? D'où vient-on ? Pourquoi... Oh, pardon !

Il s'arrêta, réalisant qu'il venait à nouveau de poser plusieurs questions à la fois.

— Nous avons tout le temps, dit le sage, je vais répondre à toutes tes questions, mais il va falloir que tu sois patient !

30. La marche

Jimmy se levait pour la première fois. Il se sentait faible, ses muscles avaient fondu durant tous ces mois allongé. Sa tête se mit à tourner, il s'appuya sur le lit.

— Tout doucement, lui dit le kiné venu le faire marcher, tout doux.

Il reprit un peu son souffle, se redressa à nouveau et là, il tint debout.

— C'est bon, ça va aller, dit Jimmy.

— Accrochez-vous quand même à moi, on ne sait jamais.

Il avait encore un plâtre à la jambe gauche, il appuya d'abord sur sa jambe droite puis sur le plâtre de marche qui avait été refait il y a une semaine. Depuis qu'il était allongé, il avait droit tous les jours à sa piqûre d'anticoagulant pour éviter la formation de caillots. Sa cicatrice au ventre était guérie et bien propre et ses côtes lui faisaient encore un peu mal. Il se sentait très faible, comme s'il apprenait à marcher pour la première fois.

Il mit un pied en avant et tituba, perdit l'équilibre. Le kiné le rattrapa à temps sous les aisselles et le releva.

— Hop, hop, hop ! Où vas-tu ? Reste avec moi, lui dit-il en souriant.

Jimmy sourit à son tour mais ne dit rien, continua à s'accrocher au kiné. Il voulait marcher. Il se concentra à nouveau.

— Un pas après l'autre, dit le kiné, et Jimmy répéta en s'exécutant : « Un pas après l'autre. »

Il fit quelques pas en avant.

— Attendez un peu, il faut que je reprenne mon souffle.

— Pas de problème, prends ton temps, on a tout notre temps. On y va dès que tu le sens.

Il fit une pause, prit une grande bouffée d'air et se lança :

— Un pied devant l'autre…

C'était une sensation nouvelle. Avant l'accident, il était étudiant en médecine et avait l'habitude de travailler à l'hôpital, il voyait les choses autrement. Maintenant qu'il était lui-même devenu un patient, les repères semblaient tout nouveaux pour lui. Il voyait des choses auxquelles il ne faisait pas attention auparavant : les agents de service qui nettoyaient les couloirs et les chambres, les patients comme lui qui avaient du mal à marcher, ceux qui étaient assis dans un coin et qui pleuraient, délaissés, victimes de l'indifférence, ceux qui étaient avec leurs proches et semblaient heureux, ceux qui s'embrassaient, ceux qui discutaient, tout était étrange. Les sensations, les odeurs, les goûts étaient amplifiés, comme s'il les redécouvrait. Ou alors c'était peut-être ses sens qui retrouvaient leurs fonctions d'origine : sentir, ressentir…

Au retour de sa promenade avec le kiné, tout le staff médical l'attendait pour le féliciter et le soutenir : « Bravo, Jimmy ! Bon travail, Jimmy ! Allez, Jimmy, t'es le meilleur ! »

Les infirmières lui glissèrent des mots d'encouragement à l'oreille. Le médecin chef, ses assistants et les internes étaient eux aussi de la partie.

Une des infirmières glissa une coupe de champagne entre les doigts de Jimmy. Sa mère et sa sœur étaient présentes, toutes souriantes, chacune lui fit un petit signe d'encouragement, elles étaient fières de le voir debout.

Le médecin chef leva sa coupe :

— À Jimmy, à tout le mal qu'il nous a donné et à son rétablissement, à Jimmy !

Tous levèrent leur verre et répétèrent :

— À Jimmy !

Le médecin chef reprit :

— Jimmy, tu vas pouvoir être transféré en médecine, je tenais à te souhaiter, de ma part et de celle de toute l'équipe, un bon rétablissement. Évidemment, tu pourras venir nous rendre visite autant que tu voudras.

Jimmy remarqua que certaines infirmières avaient les larmes aux yeux, pourtant il ne lui semblait pas les connaître. Elles s'étaient certainement occupées de lui quand il était inconscient et l'avaient vu se battre jour après jour. Elles avaient dû l'aider de leur mieux. Jimmy était gêné et ne savait pas quoi dire, il leva son verre et sourit, tout simplement, avec un petit merci qu'on entendit à peine.

Sa mère et sa sœur le rejoignirent pour l'embrasser. Les infirmières vinrent aussi lui offrir une carte qu'elles avaient toutes signée, avec quelques petits cadeaux amusants.

Jimmy avait du mal à réaliser qu'autant de monde autour de lui avait participé à sa guérison. Il devait y avoir plus d'une vingtaine de personnes et il s'aperçut qu'il ne savait même pas le prénom de la moitié d'entre elles.

Il ne put s'empêcher de penser à Sophie qui n'était plus là et un grand vide l'envahit. Ses jambes flanchèrent. Il ne put retenir ses larmes. Les infirmières et sa mère l'aidèrent à s'allonger sur le lit, il se sentait fatigué.

— On va le laisser se reposer, dit l'une des infirmières, faisant signe à tout le monde de sortir de la chambre.

Ses paupières s'alourdirent et il s'endormit.

— T'es en retard, tu ne te rends pas compte ? Ça va faire deux heures que j'attends.

— Je suis désolé, mais j'ai eu un gamin qui n'allait pas bien, il a fallu l'emmener à l'hôpital et attendre que ses parents, enfin, tu connais…

— Sophie, il va falloir que tu penses un peu moins aux autres et un peu plus à toi, dit Jimmy.

— Tu essaies de me dire que je t'ai manqué ?

— Non, je suis sérieux, il va falloir que tu t'occupes un peu plus de toi !

— Moi aussi, je t'aime, lui dit-elle avec un grand sourire.

La mère de Jimmy serrait la main de son fils entre ses doigts et le regardait avec tendresse. Il semblait en paix, ses yeux étaient fermés et son visage animé d'un doux sourire.

« Je t'aime mon fils, ta maman t'aime énormément », murmura-t-elle tout doucement.

31. La rencontre avec le sage

— Comment s'est créé le monde ? redemanda Hémo.

— Comment le monde s'est créé ? répéta le sage neurone. Tu ne commences pas par la plus simple, à ce que je vois. Eh bien je vais te répondre de mon mieux, Hémo. Sache d'abord que les informations dont je dispose ne peuvent pas aller plus loin que les souvenirs de la planète elle-même. Depuis leur création, la planète et les éléments qui la composent ont commencé à interagir et à se structurer, à s'organiser pour donner le monde que tu vois aujourd'hui. Mais celui-ci n'a pas toujours ressemblé à ce que tu vois en ce moment. Laisse-moi d'abord te poser une question.

Hémo fut surpris. « Le sage qui me pose une question ! »

— Allez-y, répondit-il.

— Sais-tu si mes origines et les tiennes sont identiques ?

Hémo sourit, amusé, et se dit : « Voilà une question à laquelle il est facile de répondre. »

— Bien sûr que non, répondit-il.

— Et sur quel raisonnement te fondes-tu pour donner ta réponse ? demanda le sage.

— Eh bien, nous n'avons rien en commun, à commencer par notre physique, nous sommes si différents en taille, en forme, en couleur, nous venons de différents pays, il serait impensable d'imaginer une seconde qu'on puisse avoir une origine commune.

Hémo était très satisfait et fier de sa réponse.

— Eh bien mon jeune ami, ceci est totalement inexact !

— Quoi ? sursauta Hémo.

— Je vais répondre à tes questions, mais ce n'est pas parce que mes réponses te semblent illogiques qu'elles sont inexactes. Tu as vu les gravures sur les murs en entrant ? Crois-tu que de telles créatures aient pu vivre sur notre planète ?

— Non, répondit Hémo aussitôt.

— Et pourquoi ? demanda le sage.

— Parce que tout simplement je n'en ai vu nulle part et que j'ai parcouru le monde entier.

— Est-ce que cela te donne assez de connaissances pour dire qu'ils n'ont jamais existé ?

— Je pense que oui, répondit Hémo.

— Eh bien encore une fois, mon jeune ami, ta réponse me semble un peu précipitée. Ces créatures ont bel et bien existé, elles ont vécu autrefois sur notre planète mais ont, certes, disparu aujourd'hui. C'est ce qu'on appelle l'évolution, tout change, tout bouge et évolue vers quelque chose de nouveau, l'univers est en perpétuel mouvement de transformation. On naît, on vieillit et on meurt.

Hémo était exalté. Il se disait qu'il avait plus de réponses et d'explications qu'il n'en attendait. Il n'aurait voulu pour rien au monde laisser sa place à cet instant. C'était comme s'il avait trouvé le Graal, il allait enfin avoir des réponses claires à ses questions.

— Il y a eu différentes ères dans la formation et l'évolution de notre planète.

Hémo écoutait avec attention et ne manquait aucun mot de ce que le sage lui racontait.

— Ici dans la ville d'Hippocampe, nous reconstituons l'histoire de notre monde et la mettons en ordre chronologique et crois-moi, ce n'est pas une tâche aisée. Notre planète n'a pas toujours été ce que tu vois et il a fallu du temps pour en arriver là où nous en sommes. Au commencement, nous savons qu'il y a eu l'union entre deux êtres appelés Gamètes, l'Ovule et le

Spermatozoïde, qui ont apporté chacun la moitié du patrimoine de la planète. Il y a eu ensuite comme un Big Bang et ces deux êtres n'ont formé par la suite qu'une seule et unique forme de vie, le Zygote. Ce dernier s'est ensuite multiplié et a proliféré à une vitesse incroyable, devenant de plus en plus grand. Aussi impossible que cela puisse te paraître, ces deux Gamètes ont donné la vie à un enfant, le Zygote, un être unique qui s'est transformé, restructuré au cours du temps, pour devenir la planète dans laquelle nous vivons aujourd'hui.

— Vous voulez dire que la planète Human est faite de l'union de deux êtres vivants ? Que la planète dans laquelle j'ai grandi et vécu est un être à part entière, vivant comme moi ?

— Vivant oui, comme toi non !

— C'est impossible ! rétorqua Hémo qui n'arrivait pas à imaginer une seconde ce que le sage lui racontait.

Comment sa planète pouvait-elle être vivante ? C'était trop d'informations pour son cerveau qui avait du mal à les remettre ensemble et tout intégrer pour voir le tableau complet.

— L'Ovule et le Spermatozoïde devaient être immenses pour donner un enfant aussi gigantesque que la planète ? demanda Hémo un peu perdu.

— Non, détrompe-toi, ils n'étaient pas plus grands que toi.

— Quoi ? C'est impossible ! s'écria Hémo. Comment quelqu'un d'aussi petit que moi peut-il se transformer en une planète aussi gigantesque ?

— Eh bien je t'ai dit que ce n'est pas parce que tu as du mal à l'envisager que mes réponses sont fausses ou erronées. Je peux t'assurer que mes informations sont exactes et ont été vérifiées à plusieurs reprises.

Hémo avait du mal à admettre que ce monde ait été conçu par des êtres aussi petits que lui... Mais il était subjugué par ce que racontait le sage et continua à l'écouter avec attention.

— Est-ce qu'on les a déjà vus, ces parents de notre monde ?

— Non, personne ne les a vus au moment précis de la formation de notre monde, même moi qui suis l'un des plus vieux, je n'étais pas né, mais toutes nos informations le confirment. Nous sommes tous sans exception les progénitures et les petits-petits-petits-petits-enfants de ce Zygote, l'enfant que l'Ovule et le Spermatozoïde ont créé.

— Si je comprends bien, nous descendons tous les deux d'un seul et unique parent, le Zygote ? demanda Hémo.

— Tu as très bien compris. Aussi loin que la mémoire du monde peut remonter dans le temps, la vie de la planète Human a commencé grâce à l'union de ces deux êtres. Ce sont eux qui ont créé ce monde dans lequel tu vis. Les pays, les continents, les mers, les forêts, le ciel, tous sans exception sont les évolutions et les transformations qui se sont produites à partir de cet enfant, cet être qui a évolué et s'est transformé et métamorphosé à travers le temps pour arriver à ce qu'il est aujourd'hui. Et ce n'est pas fini, notre planète n'a pas fini sa journée, elle a encore beaucoup de chemin à parcourir, elle continue toujours à évoluer.

— Mais comment est-il possible que tout ce qui existe au monde provienne d'un simple être aussi petit que moi ? demanda Hémo, j'ai du mal à le croire !

— Zygote possédait en lui toute l'information nécessaire à la création de notre monde appelée code génétique. La mise en application de ce code génétique a permis la création des différentes espèces, leur disparition, leur évolution jusqu'à aujourd'hui au moment où je te parle, et même leur avenir. Les mers, les forêts, les montagnes, les lacs se sont formés et métamorphosés pour devenir ce qu'on connaît aujourd'hui, et continuent d'évoluer.

— Je ne comprends pas très bien, dit Hémo. Ça me paraît confus, tout ceci s'est produit en même temps ?

— Pas exactement. Les différentes étapes correspondent à des ères successives décrites par l'embryogenèse qui explique la formation de notre monde. Ces étapes sont les suivantes : la fécondation (la planète Human naît de l'union des deux Gamètes), la segmentation (la planète subit une série impressionnante de métamorphoses), la cavitation, la blastulation... en passant par la neurulation, la métamérisation, la délimitation... jusqu'à la formation du monde actuel. Chacune de ces ères a un rôle indispensable dans l'évolution de la planète et la création de nouvelles formes de vie. Ce sont ces êtres, ces créatures que tu as pu voir en entrant sur les gravures accrochées aux murs : nos ancêtres très lointains. Aucune forme de vie n'est supérieure à une autre. Tout ce qui existe dans ce monde a une raison bien précise d'exister et sa place dans l'évolution générale de notre planète ; il n'y a pas de hasard, c'est l'expression et l'évolution simple du premier code génétique originel. À chaque époque sur notre planète, chaque forme de vie a une mission et une tâche précises à accomplir pour que notre monde évolue et forme celui qu'on connaît aujourd'hui, et nous, chacun à son niveau, nous participons à l'évolution de ce monde. Même si, à notre niveau, nous avons des fois du mal à le concevoir ou à le comprendre. L'une des phases les plus importantes de l'embryogenèse est la phase de différenciation. Celle-ci consiste à différencier les êtres vivants en plusieurs groupes et sous-groupes et à leur permettre leur propre organisation. Ainsi se différencièrent des pays dans diverses régions du monde avec des populations différentes, des cultures distinctes, et qui allaient, chacune à son niveau, participer à la formation et à l'organisation de la planète. Se sont ainsi formés les différents pays et régions tels qu'on les connaît aujourd'hui et qui participent activement à l'harmonie de notre monde.

Je ne vais pas nommer tous les pays, mais tu les connais : Cerveau Land, Cœur Land, Foie Land, Reins Islands, Muscles Monts, etc. La différenciation aboutit à un système autonome qui s'est organisé parfaitement pour répondre à toute forme de stress ou d'agression provenant aussi bien de l'intérieur que de l'extérieur. Ce système est composé de milliards d'êtres travaillant à un but commun permettant le maintien de l'équilibre de notre monde : l'homéostasie.

En parallèle, un système d'information en réseau s'est créé lors de la neurulation qui permet de savoir instantanément ce qui se passe à l'autre bout de la planète et d'apporter des solutions immédiates, adaptées à toutes formes d'agression ou de déséquilibre.

C'est un peu difficile à concevoir, mais nous sommes, chacun à notre niveau, le temps de notre existence, un composant de cette planète. Sans elle nous ne serions rien et sans nous elle n'existerait pas. D'où l'importance de l'existence de chaque être dans ce monde et son utilité.

— Mais quel est le but de tout ceci ? demanda Hémo.

— Nous avons pris l'habitude d'enfermer notre raisonnement à notre échelle, continua le sage. Un seul être a réussi à donner la vie à une entité aussi complexe et originale que notre planète, mais tout le monde oublie de faire le raisonnement inverse !

— Comment ça ? demanda Hémo.

— On oublie souvent que notre planète existe par elle-même et a une vie propre. La seule différence est qu'on passe d'une entité vivante minuscule à une autre entité toujours vivante mais gigantesque, la seule différence réside dans un changement d'échelle. À la fin de l'évolution de notre monde et de l'embryogenèse, nous ne formons qu'un seul et unique être avec sa vie propre. On a beau l'appeler « planète Human », ça ne change rien au fait que tout ce que tu vois, tous ces continents, pays, formes de vies, moi, toi, tous sans exception ne formons qu'une seule et unique entité vivante à qui nous consacrons toute notre existence, oui, un seul être vivant qui est notre planète Human, tout ceci ne fait qu'un.

Hémo avait du mal à imaginer que tant d'individus différents, tous ces êtres rencontrés lors de ces longues années de travail à travers le monde, ne constituaient qu'un seul être, unique, avec une vie propre, voilà qui le dépassait totalement.

Le sage continua :

— On croit savoir des choses, on croit que le monde nous dépasse, mais le monde c'est nous, nous sommes le monde, à cet instant « T » je fais partie du monde et le monde est une partie de moi, et ceci reste vrai tant que ce monde existe et tant que j'existe.

Un silence se fit entendre. Ces mots du sage se mirent à résonner avec une puissance inouïe dans la tête d'Hémo. Il venait de recevoir une révélation, une vérité qu'il n'arrivait pas à percevoir jusqu'à cet instant : « Je fais partie du monde et le monde est une partie de moi et ceci reste vrai tant que ce monde existe et tant que j'existe ».

Hémo était complètement dépassé par les révélations du sage, il voulait des réponses mais ne s'attendait certainement pas à ce qu'on lui dise que lui, les Macrophages, les Hépatocytes, les Pneumocytes, les Neurones et toutes les autres formes de vie provenaient d'un seul être unique qui, au départ, n'était pas plus grand que lui-même.

— Et toutes ces formes qui semblent mortes, les montagnes, les rochers, les océans ? demanda Hémo.

— Encore une fois, Hémo, ce que tu crois être mort comme les mers, les montagnes, qui semblent immuables et sans vie, sont des organismes vivants qui ont une vie et évoluent dans le temps comme nous tous.

— Donc je résume, répéta Hémo pour être bien sûr qu'il avait tout compris. Je vis sur cette planète immense qui était aussi petite que moi au départ, qui s'est métamorphosée pendant des siècles pour évoluer, créer différentes formes de vie qui participent, chacune à son niveau, à leur homéostasie pour devenir la planète actuelle…

— Oui, tu as tout compris, dit le sage. Je vois que tu écoutes avec attention et que tu retiens très bien mes enseignements. Je veux que tu saches une chose, Hémo. Ce que tu vois n'est pas toujours la réalité. Toute action, toute chose a un passé et un futur, et pour comprendre chaque événement, chaque être, il faut tenir compte de son passé, son présent pour envisager son futur. Une interprétation fondée juste sur le présent ne pourra jamais te donner que des informations limitées et une version pas forcément exacte de l'ensemble.

Au début c'était le chaos. Chaque pays ne s'occupait que de lui-même, que de sa propre croissance, ignorant les autres. Les échanges étaient basés sur son bien-être, il a fallu du temps pour arriver à une organisation collective où tout le monde participe au bien-être des autres. Chaque pays s'est spécialisé selon ses capacités propres, ainsi Cœur Land s'est différencié de Reins Islands, Foie Land de Poumons Islands et ainsi de suite. Ce système devint cohérent grâce à la mise en place d'un réseau de communication d'ensemble lors de la neurulation reliant et synchronisant tous les organes.

— Comment ça ? s'exclama Hémo.

— Chaque pays, chaque être a pris connaissance de l'existence des autres pays et de leur civilisation, de leurs différences, de leurs savoir-faire spécifiques. Une entente d'organisation sous la tutelle de Cerveau Land s'est créée pour synchroniser ces compétences et les localiser à différents niveaux de la planète ; chaque pays, chaque être s'est senti utile et reconnu dans cette organisation. Personne n'était laissé de côté, la moindre petite forme de vie servait et existait dans un but précis, celui de faire partie d'un ensemble complexe qui n'avait qu'une finalité.

— Laquelle ? s'exclama Hémo.

— Celle de subvenir aux besoins des autres, de mettre son savoir-faire à leur service. C'est alors que l'homéostasie de la planète s'est créée, lorsque chacun trouva son épanouissement dans le travail destiné à faciliter et rendre la vie des autres meilleure. C'est à cet instant précis que la planète Human a commencé son existence et a pu prétendre à une vie propre. Les mentalités avaient changé, désormais aucune forme de vie ne pensait à son épanouissement personnel, le bonheur de chacun était devenu l'affaire de tout le monde.

— Comment ça ? demanda Hémo, interloqué.

— Regarde, Hémo, tu as consacré ta vie au service des autres, sans te poser aucune question, et tu l'as fait très bien, je dois te l'accorder, mais quand tu avais besoin de te nourrir ou te remettre en forme, tu ne l'as peut-être pas remarqué, mais les autres citoyens de ce monde étaient là pour te permettre de faire ce que tu sais faire de mieux, à savoir venir en aide aux autres. Réfléchis un peu. Quand la planète s'est fait attaquer, les autres ont fait leur travail pour que tu puisses faire le tien, pour que tu puisses exister et pouvoir donner le meilleur de toi-même. Et au même moment, sans le savoir, tu faisais de ton mieux pour apporter ton aide aux autres, pour qu'ils puissent continuer à vivre et à participer à l'homéostasie générale.

D'un seul coup, Hémo se rappela tous les moments où sa vie aurait pu s'achever si les autres n'étaient pas intervenus pour l'aider à survivre et garder la planète vivante.

— Cela donna naissance à une entité globale dotée d'une existence propre. Les besoins individuels se sont alors harmonisés avec l'intérêt collectif. Le travail de chacun participait au bonheur de tous. On a découvert, il y a bien longtemps, que la meilleure façon de vivre et d'être heureux, c'est de s'occuper des autres. L'ère de la conscience primitive a évolué vers une ère nouvelle de conscience collective. Regarde, toi par exemple, quel est ton rôle dans la société ?

Hémo, surpris par la question, rétorqua :

— Comment ça, quel est mon rôle dans la société ?

— Et oui, quel est ton rôle dans ce monde ?

— Eh bien, mon rôle est de faire attention à ce que tout le monde ait assez d'oxygène pour pouvoir travailler et vivre.

— C'est là où je voulais en venir : tu es là pour permettre aux autres de vivre. Aujourd'hui tu m'apportes de l'oxygène, si je n'ai pas d'oxygène je meurs, donc tu me permets de vivre et tu me maintiens en vie. Les autres habitants de cette planète travaillent pour que toi tu puisses avoir ce qui t'est nécessaire. C'est ainsi pour toutes les espèces sur Human.

Cœur Land se bat pour vous permettre, à toi et aux autres, de circuler, les déchets sont traités sur Reins Islands, Foie Land, Poumons Islands. Foie Land synthétise et met en réserve des ressources naturelles pour les mettre à la disposition de tous en cas de pénurie. Et Cerveau Land régule tout ça d'une main de maître et s'arrange pour que le système perdure. C'est Cerveau Land qui prend les grandes décisions pour harmoniser l'ensemble, ceci parfois aux dépens de certains organes qui alors se plaignent de la manière dont les choses se déroulent. Mais en cas de catastrophe, la survie de la planète devient une priorité puisque sans planète, la vie n'est plus…

À Cerveau Land, nous sommes en permanence reliés à chaque individu et nous restons à l'écoute de ses besoins. Chaque être a une mission unique définie par son code génétique, et des besoins uniques auxquels Cerveau Land répond à son insu. Un monde parfait est un monde où tous vivent heureux et en harmonie, ou chaque forme de vie reçoit ce dont elle a besoin pour effectuer sa tâche du mieux possible.

— Comment est-ce que vous pouvez connaître mes besoins ? demanda Hémo.

— C'est très simple, nous sommes tous faits de molécules qui elles-mêmes sont faites d'atomes ; chaque interaction, aussi minuscule soit-elle, dégage une forme d'énergie. Au sein de la planète, à chaque instant, il y a des milliards d'interactions entre les différentes formes de vie, tout ceci s'exprime au niveau moléculaire par des échanges énergétiques et c'est là que nous intervenons.

— Comment ça ? demanda Hémo.

— Nous avons la capacité d'interpréter ces transmissions d'énergie, ce qui nous permet de savoir ce qui se passe à tout endroit de la planète et d'interagir pour maintenir l'homéostasie. Toute forme de pensée, d'idée qui naît chez un être correspond à des échanges d'énergie, nous pouvons capter ces énergies, ce qui nous permet de connaître les besoins de chacun en fonction de l'énergie qu'il émet. C'est pour ça que je savais que tu allais venir me rendre visite aujourd'hui, rajouta le sage. Nous répondons ainsi à l'énergie que chaque individu dégage et essayons de lui procurer ce qu'il demande.

— Comment savez-vous que l'énergie qui est émise correspond bien à ce que l'individu désire ?

— Nous n'avons pas les moyens de reconnaître une bonne énergie d'une mauvaise. Nous répondons systématiquement à l'énergie la plus forte. Chaque pensée déclenche une émotion, plus l'émotion ressentie est forte et plus le message est clair. Nous répondons donc à l'émotion qui dégage le plus d'énergie. Et plus l'émotion générale est forte, plus l'information devient claire. C'est donc à l'individu qui est demandeur de formuler ses pensées et ses émotions pour dégager l'énergie exacte à laquelle il veut qu'on réponde.

32. L'anniversaire

— Tous ensemble !

— Joyeux anniversaire ! Joyeux anniversaire ! Joyeux anniversaire Jimmy, joyeux anniversaire...

Ils étaient tous venus, sans exception, tous les enfants que Sophie aimait tant avaient fait le chemin pour Jimmy. Jimmy avait du mal à retenir ses larmes.

— Pourquoi tu pleures ? dit une petite fille en lui prenant la main tendrement.

— C'est rien, ma chérie, c'est juste que je suis heureux que vous soyez tous là.

— Il est temps que tu souffles tes bougies, dit sa maman à Jimmy.

— Allez, les enfants, vous voulez m'aider à souffler ? Je manque de souffle ces derniers temps !

Il savait très bien que les enfants atteints de mucoviscidose avaient peu de souffle et qu'il leur était difficile de souffler fort, mais il tenait absolument à ce qu'ils le fassent ensemble.

Tous les enfants s'approchèrent avec joie, excités de pouvoir aider Jimmy à souffler ses bougies, d'habitude c'était les autres qui les aidaient, eux, à souffler. Les voilà tous réunis avec enthousiasme autour du gâteau, tous prirent une longue inspiration.

— Allez ! Tous ensemble ! À trois ! dit Jimmy.

— Un, deux, trois, ffffffffff !

Tous ensemble dans la même direction. Ça ne pardonna pas, toutes les bougies s'éteignirent du premier coup.

— Yes !

Les enfants crièrent et sautèrent de joie, fiers d'avoir réussi à tout éteindre du premier coup.

— Bravo ! cria Jimmy avec un grand sourire, merci de m'avoir aidé, je n'y serais jamais arrivé sans vous. Qui veut un morceau du gâteau maintenant ? demanda-t-il.

— Moi ! Moi ! Moi ! lui répondirent les enfants.

Il coupa le gâteau et servit une part à chacun. Les enfants étaient tous là, assis en train de manger et semblaient heureux. Jimmy les regarda l'un après l'autre, ils avaient l'air heureux ; il y avait ceux qui le regardaient avec tendresse en souriant, d'autres qui avalaient leur gâteau avec appétit dans un coin, et enfin ceux qui étaient assis sur son lit et qui discutaient entre eux, heureux comme des enfants normaux, sans problème de santé.

Soudain, une sensation de bien-être l'envahit, une étrange impression qui appartenait au présent, comme s'il devait se trouver à cet instant précis à cet endroit même ! Il ne pouvait pas l'expliquer, c'était une sensation profonde. Il réalisa qu'il était heureux auprès de ces enfants. Il se souvint aussitôt des mots de Sophie lors de leur premier rendez-vous :

« Je crois que tout le monde mérite d'être heureux pour le peu de temps qu'il passe sur Terre. Autant je suis convaincue que mon existence sert à aider les autres à se réaliser, autant je suis persuadée que d'autres personnes, au moment même où je te parle, travaillent sans le savoir à rendre ma vie meilleure. Certes ils travaillent pour eux, enfin c'est ce qu'ils croient, mais en réalité nous sommes, chacun à son niveau, les serviteurs d'autrui, nous essayons d'améliorer la vie des autres. Il y a un nombre indéfinissable d'interconnexions entre tous les êtres humains sur cette planète, mais nous sommes trop aveugles pour vouloir l'admettre ou le voir. Nous sommes tous responsables du bonheur des autres, responsables de leur bonheur, mais aussi de leur malheur, c'est ce qui nous définit en tant qu'êtres humains, c'est ce que nous sommes. Des faiseurs de rêves ou de cauchemars ! Voila ce que nous sommes, chacun à son petit niveau, et c'est à nous de décider lequel on veut être dans ce monde. C'est pour cette raison que je ne crois pas à la coïncidence, il y a une raison pour toute chose. Chaque événement, aussi horrible et incompréhensible qu'il puisse paraître au moment où il se produit, a un sens général qui se manifestera dans le temps, dans un futur proche ».

C'était comme s'il venait d'entendre ces mots pour la première fois, c'était tellement irréel ! Comment pouvait-elle savoir ? Ces mots prenaient soudain un second sens, leur vrai sens.

« Comme la vie est bizarre ! » se dit Jimmy.

Soudain, comme les pièces d'un puzzle qu'on met bout à bout, le tableau prit forme, tout devint clair pour Jimmy. Tout prit un sens nouveau et Jimmy comprit alors le pourquoi de son existence. Pourquoi il avait survécu. Des larmes se mirent à couler sur ses joues sans qu'il puisse se retenir, des larmes de joie ! Il voyait sa mère et sa sœur qui le regardaient toutes les deux avec un sourire de joie et de tendresse. Ça faisait un sacré bout de temps qu'il ne s'était pas senti aussi vivant. Une sensation de bien-être l'enveloppa.

Jimmy venait de réaliser que sa vie ne faisait que commencer et qu'il allait la passer au service des autres pour rendre leur vie meilleure. Il réalisa que dorénavant, son bonheur, il le trouverait en aidant les autres.

Il prit son gâteau et mordit dedans. Il percevait de nouvelles sensations, comme si c'était la première fois qu'il mangeait quelque chose de sucré.

33. La quête

Hémo avait été tellement secoué par les révélations du sage qu'il n'avait même pas eu le temps de poser des questions sur les événements qui s'étaient produits ces dernières années.

— Savez-vous ce qui s'est passé ces dernières années ? Je veux dire, avez-vous des informations concernant les différentes catastrophes qui ont touché la planète ? demanda-t-il.

— Nous essayons encore actuellement d'obtenir des informations pour donner une réponse cohérente à cette question, mais il existe encore plusieurs points obscurs qu'il nous faut élucider, répondit le sage. Ce qu'on sait, c'est que les premières zones de séisme ont eu lieu au niveau de Foie Land, de Poumons Islands et de Tibia Land, le plus grave étant le séisme de Foie Land qui a entraîné un dérèglement des échanges internationaux ainsi que de tout le système de régulation des premières sources alimentaires. L'augmentation de l'effet de serre qui a suivi ces événements a entraîné aussi un dérèglement au niveau de Cerveau Land, où nous-mêmes avions du mal à fonctionner. Il y a eu une décimation phénoménale de *Red Cells* en quelques minutes ainsi que d'autres populations un peu partout dans le monde. Ce qu'on ne sait pas encore, c'est qu'il y a eu, à un moment critique, une brèche au niveau de la couche d'ozone, et des *Red Cells* qu'on ne connaissait pas sont arrivées d'on ne sait où pour sauver notre planète. On ne sait toujours pas d'où ni comment ils sont arrivés ! Mais ils nous ont bien aidés à passer le cap.

— C'était des extra-humans ? demanda Hémo.

— On n'exclut pas une origine extraplanétaire.

— Quoi ? Vous voulez dire qu'il existe d'autres formes de vie semblables à la nôtre ailleurs dans l'univers ? demanda Hémo, interloqué et en même temps excité à l'idée de l'existence d'autres formes de vie.

— Je ne fais pas que le dire, je me fonde sur les faits. Il y a eu une invasion de *Red Cells* extraplanétaires au moment où la planète en avait le plus besoin et ici, à Cerveau Land, nous ne croyons pas aux coïncidences.

— Alors ils existent bien ?

— Les recherches qui ont été faites suite à cette arrivée de *Red Cells* nous ont convaincus de leur origine extraplanétaire. Le plus surprenant est que leur code génétique était complètement différent et pourtant tellement semblable.

Hémo était extrêmement excité à cette idée de l'existence d'une autre forme de vie qui pourrait exister ailleurs, d'autres formes de vie, mais en même temps tellement semblables.

— Ce qui veut dire qu'il y a d'autres êtres qui veillent sur nous et notre bien-être ? demanda Hémo.

— Effectivement, c'est la question qu'on se pose en ce moment et qui nécessite des recherches et des analyses plus poussées des événements de ces dernières années. Mais nous pourrions imaginer d'autres mondes semblables au nôtre qui seraient à notre écoute et qui, à leur échelle, veilleraient sur nous. Exactement comme nous qui veillons les uns sur les autres, mais ceci à une autre échelle planétaire, évidemment.

— Avons-nous des certitudes là-dessus ?

— Nous avons des satellites placés aux deux centres d'observation qui se trouvent au niveau des Orbites Islands, ces derniers enregistrent et analysent en permanence tout mouvement extraplanétaire. Nous savons que notre planète est en mouvement continu et qu'elle n'est pas la seule dans l'univers. Il y a des milliers d'autres planètes plus ou moins semblables à la nôtre qui sont elles aussi en mouvement. Mais nous ne savons pas encore si elles renferment une forme de vie.

— Est-ce que ceci veut dire qu'il va y avoir d'autres invasions dans le futur ? demanda Hémo.

— Nous n'en savons rien, dit le sage, il y a certainement des milliers de choses qui nous dépassent encore, mais ça ne veut pas dire qu'il n'y a pas une explication concrète et une logique derrière chaque événement. Peut-être pas à notre niveau, pas à notre échelle, mais je suis sûr, dit le sage, qu'il y a une explication quelque part, ici ou dans un autre monde, une autre dimension. Oui, je suis certain qu'il y a un sens logique à toute chose, répéta le sage, comme l'extermination massive des Bactérias qui s'est achevée par une décimation de toutes leurs colonies un peu partout dans le monde, et ceci suite à l'arrivée d'un agent étranger sur notre planète qu'on essaie encore d'analyser et de comprendre.

— Merci, dit Hémo, vous m'en avez dit plus que ce à quoi je m'attendais, j'ai beaucoup appris grâce à vous, je voudrais juste vous poser une dernière question.

— Quelle est-elle ?

— C'est quoi, la vie ? Et la mort ? Nous mourrons tous un jour ou l'autre, alors à quoi ça sert de vivre après tout ?

— La vie, c'est cette journée extraordinaire qui commence avec la fusion de deux Gamètes qui donnent la vie au Zygote, l'enfant qui grandit pour créer un monde nouveau composé de milliards d'individus qui font partie de ce monde et qui eux-mêmes sont formés d'autres milliards de petits individus et ainsi de suite. La vie est une continuité de l'infiniment petit vers l'infiniment grand. La vie, c'est cet œuf qui se métamorphose, se différencie, pour devenir un embryon. La vie, c'est cet embryon qui se métamorphose et se différencie pour devenir un être vivant à part entière qui finira par quitter son monde pour entrer dans un autre. La vie, c'est cet enfant qui grandit, qui interagit avec ses semblables et le monde qui l'entoure pour trouver son identité et participer à son évolution à un temps donné pendant une période donnée. La vie, c'est cette journée sans fin où chaque étape nous permet d'accéder à un nouveau monde plus riche, plus extraordinaire. La vie, c'est de participer entièrement à cette évolution et à la transition d'un monde à un autre.

— Et la mort ?

— La mort, c'est juste la transition entre un monde et le suivant, le passage d'une dimension à une autre ; la vie, elle, continue sans fin. Rappelle-toi, Hémo, ce n'est pas parce qu'on ne comprend pas les choses à notre échelle qu'elles n'ont pas un sens précis dans un ensemble plus grand. Un jour viendra où tout te semblera plus clair, c'est comme quand on a un an ou cinquante ans, on ne perçoit pas le monde et notre environnement de la même manière, les choses qui n'avaient aucun sens prennent de plus en plus de sens, ce qui était illogique devient logique et ainsi de suite. C'est l'évolution naturelle des choses.

— J'imagine que ce qui reste inexpliqué dans cette existence, on pourra l'expliquer dans la suivante ? demanda Hémo.

— Toute chose a une explication, une logique et une raison d'exister, comme je te l'ai déjà dit, peut-être pas à notre niveau personnel, mais elle a un sens dans la globalité de l'évolution du monde dans lequel elle survient, et si elle ne trouve toujours pas de sens à l'échelle mondiale, elle aura un sens à l'échelle universelle et ainsi de suite.

— Vous voulez dire qu'il est plus facile d'observer les dimensions qui nous sont inférieures que l'inverse !

— Toujours, depuis la nuit des temps, il a toujours été plus facile d'observer ce qu'on voit et qu'on arrive à cerner physiquement. Dis-moi Hémo, dit le sage, j'ai une question pour toi à mon tour.

Étonné, Hémo, sans dire un mot, attendit la question.

— Quel effet ça te ferait de savoir que, où que tu ailles, quoi que tu fasses, tu n'es jamais seul ? Qu'il y a toujours quelqu'un qui pense à toi et qui veille sur toi et sur ton bien-être ?

— Je pense que je me sentirais en sécurité, aimé, apprécié, répondit Hémo. Pourquoi cette question ?

— Voilà le monde dans lequel tu vis sans même t'en rendre compte, dit le sage en souriant ! Je te connaissais avant même que tu n'arrives ici devant moi. Je te connais depuis que tu es né.

Hémo fut surpris. Comment était-ce possible ? Il n'avait jamais vu personne le suivre ou le surveiller !

— Nous avons ici, à Cerveau Land, toujours veillé sur toi et ton bien-être, et nous avons toujours essayé de te donner ce qui t'était indispensable pour mener à bien ta vie et accomplir ta tâche au sein de notre monde.

— Je ne comprends pas, comment est-ce possible ?

— Ceci est valable pour tous les êtres et formes de vie de notre planète Human ; il y a un registre assez pointu de toutes les naissances et des décès et plus encore, il y a un centre de traitement de tout ce qui se passe sur notre planète à chaque instant. C'est l'unique moyen de garder une harmonie parfaite de notre monde. Ceci est le fondement même de notre monde, cette capacité d'être à chaque instant au courant des besoins de chacun pour y répondre au mieux, et gérer tous les événements qui se produisent sur notre planète pour maintenir son équilibre. Ceci est la finalité de l'embryogenèse : créer un monde qui arrive à être en harmonie et trouve une certaine autonomie de gestion.

En fonction du code génétique de chacun, nous veillons à l'orienter et lui donner tout ce dont il a besoin pour développer et structurer sa vraie personnalité, en accord avec son code génétique. Ainsi comme tu peux le voir, tu as été depuis ta plus jeune enfance dirigé et encouragé dans la filière des *Red Cells* qui t'était spécifique afin de devenir pilote. L'épanouissement de chacun est notre priorité pour pouvoir garder une société en harmonie où chacun est apprécié par les autres et où il effectue l'activité qui lui convient le mieux, qui lui permet d'être le plus efficace pour aider les autres citoyens de notre monde.

— Je sais que j'ai toujours été intéressé par ce que j'apprenais à l'école, je voyais bien que j'avais des facilités et du plaisir à faire les choses, je voyais d'autres élèves apprendre d'autres matières, mais je me suis toujours dit que j'étais le meilleur dans ce que je faisais et je n'ai jamais eu de doute sur ma véritable identité et mes capacités.

— L'épanouissement de chacun passe par cette étape indispensable qui consiste à combiner sa vraie personnalité avec ses vraies capacités et les mettre au service d'autrui. Ceci est notre challenge depuis des millénaires et nous essayons de le maintenir. La vie est comme un miroir, elle est le reflet de nos actions, si on n'aime pas ce qu'on y voit, c'est que nos actions ne sont pas en accord avec ce qu'on est vraiment. Le jour où ce reflet nous donne une joie de vivre et une paix intérieure, c'est que nos actions sont en accord avec ce que nous sommes vraiment. C'est la conséquence de la combinaison de l'identité de chaque être avec ses capacités.

— C'est génial, je n'aurais jamais cru percevoir le monde de cette manière !

Le sage s'arrêta quelques secondes avant d'enchaîner.

— Hémo, je vais te dire la vérité absolue. Il faut que tu saches que ce monde qui t'entoure et qui t'abrite, ce monde dans lequel tu as si longtemps voyagé continue à vivre et exister grâce à toi, grâce à chaque forme de vie qui le compose, c'est ainsi et pas autrement. « Tu es la planète et la planète, c'est toi ». Cela peut te surprendre de l'entendre comme ça, mais c'est l'absolue vérité. Nous sommes et ne formons qu'une seule et unique entité qui, dans une autre dimension, représente un seul et unique individu, la planète Human. Ta vie permet à d'autres de continuer de vivre et d'apprécier leur vie et vice versa.

— C'est vrai, remarqua Hémo, ces dernières années, il y a eu le chaos, tout le monde était solidaire et essayait de faire son maximum pour aider les autres.

— Il a fallu du temps pour qu'on arrive à cette nouvelle harmonie, à cette organisation et tout ceci s'est fait parce que chacun, volontairement ou involontairement, participait à rendre la vie des autres meilleure. Sache une chose, Hémo, tu pourras toujours faire de ton mieux, mais tu ne sauras le reconnaître que dans les yeux de ceux pour lesquels tu agis, à savoir les autres, c'est la loi de la vie. Chaque jour, dès le lever, nous agissons pour les autres. Nous croyons qu'on le fait pour soi mais c'est totalement faux ! Notre monde est conçu sur l'interdépendance des uns des autres. En pratique nous vivons pour les autres, pour rendre leur vie meilleure et jamais pour soi, ça, c'est le boulot des autres. Qui peut se vanter aujourd'hui de se lever et de se dire « je vais rendre la vie d'autres personnes meilleure en faisant ce que je sais faire le mieux, mon boulot » ?

— Je sais que je fais mon travail sans effort et qu'à chaque fois que j'arrive quelque part, tout le monde est heureux de me voir ; je sais également que je ne pourrai jamais faire votre travail ou le travail d'un des Granulocytes, ou des Plaquettes et j'en passe. Ça ne me viendrait même pas à l'esprit, puisque je suis tellement heureux de faire ce que je fais, c'est tellement naturel pour moi.

— Exactement, tu as parfaitement résumé ce que je viens de décrire. Notre monde a dû évoluer au fil du temps pour permettre à chaque individu de s'identifier parfaitement, de trouver ses vraies capacités.

— Je suis content d'être venu vous voir, dit Hémo en remerciant le vieux Neurone.

— Le plaisir fut, pour moi, de rencontrer enfin en personne le *Red Cell* qui a sauvé notre monde !

— Quoi, le sage savait ! s'exclama Hémo. Bien sûr, il est au courant de tout !

Soudain une sensation de fierté et de bien-être le remplit tout entier. Il réalisa que sa vie n'avait pas été vaine, qu'il avait non seulement fait son travail, mais qu'il avait permis à des milliards d'autres individus de continuer à vivre. Il eut un instant l'impression de faire corps avec ce monde dans lequel il vivait. C'était comme s'il entendait pour la première fois la planète entière se lever pour le remercier. Hémo ne s'était jamais senti aussi fier et en harmonie avec lui-même et avec la vie, sa vie n'avait jamais pris autant de sens que maintenant.

Il savait qui il était, pourquoi il était là et quelle était sa mission dans ce monde, et il savait qu'il avait les capacités nécessaires pour continuer à venir en aide à toute la population.

— Merci, merci, dit Hémo en quittant la salle immense où se trouvait le vieux sage.

— Merci à toi Hémo. Sans toi la planète n'existerait plus, prends bien soin de toi et sache que tu n'es jamais seul.

Ce furent les derniers mots du sage avant que les portes ne se referment derrière lui. Il arriva dans la rue principale, prit son temps et regarda autour de lui, respira un grand coup, regarda vers le haut comme s'il voulait s'adresser à quelqu'un de plus grand que lui et cria à pleine voix : « À nous deux ! On a un boulot à finir tous les deux ! »

Il s'élança dans la circulation, sachant qu'à cet instant il faisait partie de cette immensité dans laquelle il vivait, qu'il n'était et ne serait jamais seul, puisque la planète était là pour veiller sur lui…

34. Y a-t-il une vie après la mort ?

Cent vingt jours exactement s'étaient écoulés depuis son accident, Jimmy avait passé plus de trois mois en réanimation et un mois en rééducation. Il avait vu sa vie s'effondrer en quelques secondes, avait perdu l'être qu'il aimait le plus au monde et ses deux meilleurs amis. Il avait échappé à la mort, connu le chagrin absolu, voulu mourir. Il avait perdu le goût de la vie, voulu tout abandonner, se laisser partir tellement la réalité pesait sur ses épaules.

Mais il avait su écouter le monde qui l'entourait et déchiffrer les messages qu'il véhiculait. Il s'était alors réveillé en regardant la réalité sous un nouveau jour. Ses priorités avaient changé, il savait exactement qui il était, ce qu'il faisait sur cette terre et ce qu'il allait faire désormais de sa vie. Il se sentait privilégié par rapport aux autres, il n'avait que vingt-quatre ans et il savait exactement quel chemin il allait prendre. Peu d'hommes sur Terre pouvaient dire ça à son âge. Il était impatient de sortir de l'hôpital et de commencer sa nouvelle vie.

Sa famille et certains de ses amis vinrent le chercher. Ses valises étaient faites. Il regarda une dernière fois la chambre dans laquelle il avait passé ces derniers mois.

« Cent vingt jours à l'hôpital, c'est long, mais en même temps ce n'est rien à l'échelle d'une vie ! » se dit-il.

Il se dirigea vers la sortie.

— Laisse, je vais prendre tes bagages, dit un de ses amis.

— Ça va aller, lui répondit-il, je vais me débrouiller, faut que je fasse de l'exercice de toute façon.

Hémo avait eu l'une des vies les plus extraordinaires qu'un *Red Cell* pouvait espérer avoir, il savait qu'il ne lui restait pas beaucoup de temps à vivre, un *Red Cell* chanceux ne vivait en général que cent vingt ans, mais il n'avait pas peur, puisqu'il savait que la vie continuerait et que la mort n'était qu'une transition, la fin d'une vie dans un monde et la renaissance dans un autre. Il avait passé sa vie au service des autres et c'était ce qui l'avait rendu heureux et fier.

Il arriva au niveau de Poumons Islands, les Pneumocytes lui lancèrent :

— Hey, le héros ! Comment ça va aujourd'hui ?

— Très bien, répondit Hémo – il était habitué à ce qu'on l'appelle comme ça depuis un bon moment – un peu d'arthrose dans mon hémoglobine, sinon à part ça, ça va. (Il largua son chargement de CO_2.) Vous avez de quoi remplir mes réserves, les gars ?

— Pas de problème, tout ce que tu veux, mon vieux ! dit un Pneumocyte.

Chargé en oxygène, il se dirigea vers Cœur Land quand soudain il se sentit essoufflé, l'image de son ami le vieux *Red Cell* Erythro surgit dans son esprit. Il se souvint de ce qu'Erythro lui avait demandé : « Va faire un tour à Cerveau Land et demande à voir l'un des sages. Il y a trop de questions auxquelles moi je n'ai pas eu de réponse, j'espère que toi tu auras la chance d'y voir un peu plus clair. Je compte sur toi pour découvrir la vérité. Je voudrais croire qu'on a fait ça pour quelque chose, que notre vie n'a pas été vaine, que tout ceci a un sens, que la vie a un sens ».

Il se souvenait… Il y avait exactement cent vingt ans aujourd'hui qu'il avait quitté l'académie pour rentrer dans la vraie vie, celle à laquelle il avait été préparé, ça lui semblait une éternité. Il avait vécu l'un des siècles les plus éprouvants de la planète, s'était retrouvé dans un chaos total, avec un monde en pleine crise. Il se souvint de ses premières missions, de tous les blessés qu'il avait secourus, de ceux avec qui il avait partagé un bout de chemin, de son ami Red2 et Grem, du vieux *Red Cell* qui lui avait demandé d'aller chercher des réponses à ses questions, du vieux sage qui lui avait révélé les secrets du monde et de la vie. Il se sentait prêt, prêt à franchir l'étape de la transition, à entrer dans un nouveau monde, comme le lui avait révélé le vieux sage.

Il avait eu plus que sa part de joie et de bonheur dans ce monde qu'il allait bientôt quitter, mais il s'était promis une dernière mission avant de se rendre à Rate Land, c'était d'aller à l'extrémité du monde, au bout de ce qu'ils appelaient l'Épidermosphère. Il paraît que si on s'allonge à son extrémité, au niveau de l'une des dix villes, les Doigts Towns, on peut sentir vibrer le monde.

Il reprit son souffle et se dirigea vers la partie gauche de Cœur Land. Arrivé au niveau de l'aorte, il prit la direction de l'est, arriva aux artérioles puis aux capillaires, franchit l'Hypodermosphère, puis la Dermosphère avant d'entrer en contact avec la dernière couche, l'Épidermosphère. Plus il s'aventurait loin et plus il sentait les vibrations devenir intenses.

« Tenez les gars, j'ai de l'oxygène pour vous ! »

Il largua ses réserves d'oxygène et se chargea en CO_2.

« C'est ici le bout du monde ? » se demanda-t-il à voix haute.

Il s'y allongea un bon moment et se laissa aller à ressentir les vibrations. Boum, boum, boum ! Un son sourd et profond résonnait en continu ! Ça y est, il était allongé et sentait vibrer le monde. Il se sentit imprégné par les vibrations et leur bruit, il sentit tout son être vibrer en rythme avec elles, comme s'il s'imprégnait de ce monde qui l'entourait, comme s'ils ne formaient qu'un seul être vibrant à la même cadence.

Il resta là, allongé à réfléchir à tout ce que le sage lui avait raconté, il se sentait en parfaite harmonie avec le monde qui l'avait abrité et qui lui avait donné l'occasion de s'épanouir en aidant des milliards d'autres individus si différents et si semblables. Il était heureux.

Il se leva et regarda autour de lui, il pouvait sentir les vibrations dans tout son être. Il leva les yeux.

« Ce fut un plaisir de partager un bout de chemin avec toi, j'espère que j'ai pu t'aider autant que tu m'as aidé ? »

— Attendez ! Attendez, Jimmy ! cria l'infirmière dans le couloir.

Jimmy et le groupe qui le suivait se retournèrent.

— Quoi ? Qu'est-ce qu'il y a ? s'exclama Jimmy.

— Rien, je voulais juste vous faire une dernière prise de sang avant que vous ne partiez, c'est le médecin qui le demande.

— Ça ne peut pas attendre ?

— Non, le médecin le demande pour vérifier une dernière fois votre bilan hépatique, après vous pourrez partir, il communiquera les résultats à votre médecin traitant.

— O.K., faisons vite. Vous, allez m'attendre à la sortie, je vous rejoins dès que j'ai fini, dit Jimmy à tous ceux qui l'accompagnaient.

L'infirmière l'installa dans l'infirmerie, serra légèrement le garrot au niveau du pli du coude gauche. Les veines du bras se congestionnèrent, elle désinfecta le site de prélèvement, enfila une paire de gants, positionna l'aiguille sur le porte-tube qui servait à faire les prélèvements sanguins.

Hémo arrivait dans la veine quand soudain il se sentit arrêté dans son élan.

« Qu'est-ce qui se passe ? », se demanda-t-il.

Il n'avait jamais vécu un tel phénomène, son hémoglobine se mit à battre.

L'infirmière repéra la plus grosse veine, introduisit l'aiguille en tirant la peau vers le bas pour empêcher la veine de glisser et l'enfonça d'un demi-centimètre.

Soudain, Hémo se sentit aspiré avec une force inouïe contre laquelle il ne put résister, il avait du mal à s'accrocher à quoi que ce soit, ses forces l'abandonnaient peu à peu.

« Qu'est-ce qui m'arrive ? » cria-t-il avant de s'abandonner à la force d'attraction.

Le sang gicla dans le tube qui en un rien de temps fut plein. L'infirmière en remplit deux autres, positionna un coton propre et sec sur le point de piqûre et enleva l'aiguille d'un seul geste.

« Voila, c'est fini, vous pouvez rentrer chez vous, continuez à appuyer dessus. »

Hémo était sous le choc, il se trouvait dans un lieu totalement inconnu. Pourtant il connaissait bien son monde pour l'avoir parcouru de part en part.

Il se ressaisit et regarda autour de lui, il y avait d'autres *Red Cells*, des Granulocytes, des Plaquettes et autres qui étaient aussi étonnés que lui. Il se regarda, il était gravement blessé ; sous la pression de l'attraction, sa combinaison n'avait pas supporté le choc et avait éclaté, mais bizarrement il ne ressentait aucune douleur. Il savait que c'était son dernier jour aujourd'hui, il était plutôt curieux de comprendre ce qui venait de lui arriver et où il se trouvait.

Il se souvint de ce que le sage lui avait dit : « Il y a d'autres mondes, d'autres planètes ; un jour, ce que tu ne comprends pas aujourd'hui prendra un sens ».

Il venait juste de vivre un phénomène extraordinaire, qu'il était donné à peu d'individus de vivre. Il savait maintenant qu'il n'appartenait plus à son monde, celui qu'il avait connu.

« C'est extraordinaire… », se dit-il.

La première chose qu'il s'était demandée, c'était si c'était ça la transition, la mort.

Mais il trouva la réponse tout de suite, il se trouvait transporté en un battement de cœur, l'hémoglobine, dans un monde complètement différent, avec tous les autres individus qui voyageaient avec lui.

« Ce n'est pas possible que tout le monde soit mort d'un seul coup en même temps, tous... »

En plus, il n'était pas le seul à avoir été blessé lors du transfert, la transition n'aurait pu se faire, de toute façon, sans un bouleversement total de dimension ; or, il était dans la même dimension que celle qu'il connaissait depuis toujours.

Alors il ne restait qu'une seule et unique explication : un phénomène extra-human !

Il était bien content d'affirmer que la vie n'était pas forcément ce qu'on voyait et qu'il y avait des milliers d'autres phénomènes inexplicables, mais une chose était sûre : il venait de découvrir qu'il y avait bien une autre forme de vie en dehors de la planète Human. Tous ces phénomènes incompréhensibles en apparence s'éclairaient soudain. L'arrivée des autres *Red Cells*, la désintégration des Bactérias, tout prenait un sens nouveau.

Peut-être venaient-ils tous du monde même dans lequel il se trouvait à ce moment précis, ou bien d'autres mondes semblables ? Soudain l'horizon s'ouvrait et des milliers de possibilités se présentaient à lui, c'était tout simplement extraordinaire.

Il était content de se dire que la vie est une perpétuelle question à chaque seconde et qu'à chaque fois qu'on répond à une question, des milliers d'autres surgissent.

Soudain, les paroles du sage neurone se mirent à résonner dans sa tête : « Toute chose a une explication, une logique, et une raison d'exister, comme je te l'ai déjà expliqué, peut-être pas à notre niveau personnel, mais elle a un sens dans la globalité de l'évolution du monde dans lequel elle survient, et si elle ne trouve toujours pas de sens à l'échelle mondiale, elle aura un sens à l'échelle universelle et ainsi de suite. »

Le sage avait raison, la vie est sans fin. Il y a bien une explication à toute chose ; même si cette dernière nous dépasse en premier lieu, elle trouvera son sens un jour ou l'autre dans une autre dimension... ! « C'est simplement extraordinaire ! », se dit

Hémo. Je n'aurais jamais pensé vivre, ressentir et découvrir tout cela au cours de mon existence…

Hémo se sentait léger, une paix intérieure l'avait envahi, il ferma les yeux et sentit le moment venu pour lui de franchir l'étape de la transition entre les deux mondes.

La vie l'abandonna en même temps qu'un sourire de satisfaction illuminait son visage.

Jimmy arriva à la sortie, les portes coulissantes s'écartèrent sur une lumière intense, il fronça les sourcils, il sentit sa peau se réchauffer sous les rayons du soleil, ses amis et sa famille l'attendaient à l'autre bout sur le parking.

Il regarda autour de lui, il faisait beau, il prit une grande bouffée d'air frais, laissa l'air se glisser dans ses bronches :

« Des jasmins, se dit-il, ça sent le jasmin… », comme s'il recevait un message de la vie, un message de bienvenue. Il reprit à nouveau une autre bouffée d'air et un sourire illumina son visage. Il ne put s'empêcher de penser qu'il avait une très, très belle vie devant lui.

Il regarda le ciel, gonfla ses poumons, s'élança en avant et s'écria : « À nous deux ! »

A Propos De L'auteur

Dr. Alexandre Rushenas est un Médecin Urgentiste qui pratique au Québec, Canada.

Dr Rushenas a obtenu son diplôme de médecine en France à l'Université de Montpellier avec des sous-spécialités en médecine d'Urgence, médecine de Catastrophe et en médecine et Biologie du Sport, avant de déménager au Canada en 2010, après avoir exercé la médecine d'urgence à Paris pendant 14 ans.

Il travaille actuellement au service des urgences des Hôpitaux de Hull et de Gatineau. Il vit avec l'amour de sa vie et deux filles à Ottawa, en Ontario.

Depuis plus de 30 ans, Dr Rushenas poursuit sa passion qui est de découvrir et donner une nouvelle vision de notre monde où toute forme de vie sur cette Terre aurait une raison d'exister et où chacun aurait un rôle précis a y jouer. Cette originale conception du monde est décrite dans sa nouvelle théorie des " **Trois Dimensions**".

Son deuxième livre est : « Cancer, je t'aime »

Contact:

Dr Alexandre Rushenas

Site Internet: https://www.alexandre-rushenas.com
Courriel: arushenas@hotmail.com